大展好書　好書大展
品嘗好書　冠群可期

大展好書　好書大展
品嘗好書　冠群可期

休閒娛樂
50

兩性幽默

幽默選集編輯組

大展
出版社有限公司

目錄

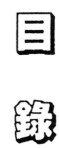

第一章

棟樹一萌芽就芳香迷人……

△神　童

威立雖然是個小孩子，但是非常嗜賭，任何東西都能成為他賭的對象。有一天，威立的父親和他的老師商量對策，老師說：

「凱恩斯先生，我有一個好方法可以懲罰威立，讓他嚐嚐賭輸時悲慘的滋味。」

翌日，老師發現威立又和其他的孩子在賭博，所以罰他放學後留在教室。班上同學都走光後，威立走到老師身邊。

「老師，妳想說的，其實我早已知道了，老師是騙子！」

「威立，你胡說些什麼！」老師驚訝的說。「你到底是什麼意思？」

「老師騙人！」威立繼續說：「老師的話，我能聽嗎？」

「雖然老師的頭髮是金黃色，但下體的毛不是很黑嗎？我看過啊！」

老師盡力保持冷靜的說：「威立，那不是真的。」

「一定是真的，我可以跟妳打賭五十元！」威立挑戰性的說。

老師認為懲罰威立的好機會來了。

「你敢賭二百元嗎？」

「賭啊！」

威立很快的從衣袋中拿出二百元鈔票。

趁著教室裡沒有外人，老師快速地脫下內褲，張開雙腿，把金黃色叢林給威立看。然後毫不客氣的從威立手中，拿走二百元鈔票。並且打電話給威立的父親，告訴他事情的經過——

「凱恩斯先生，這對於威立是個很好的教訓。」

「不錯，是一種教訓，今天早上我和威立打賭五百元，是不是能在今天內看到妳的那個部分。」

△洋娃娃

喬治向家人談論新來的秘書：

「她勤勉、守時、聰明又有氣質，而且魅力十足，用洋娃娃來形容這位小姐，是最恰當不過的。」

五歲大的女兒，一聽到洋娃娃眼睛閃亮的說：「那個洋娃娃，如果讓她躺在床上，會不會閉眼睛呢？爸爸。」

△狗比較好

在公園裡小男孩指著二隻小狗問父親，牠們在做什麼？父親答：「在製造小狗啊！」

當晚，小男孩在父母行房時進入臥室。

「你們在做什麼？」

「在製造你的可愛弟弟啊！」

「如果是這樣，爸爸……叫媽媽讓開，我比較喜歡小狗。」

△枯樹枝

父親小便時，不小心被小女兒看到，就指著父親的睪丸問：「這是什麼？」

「這是製造生命果實的蘋果。」

父親很詩意的解釋。從女兒口中聽到這些話的母親問：

「那麼上面的枯樹枝，他怎麼解釋呢？」

△老女人

老女人帶少年到公園玩，她讓少年觸摸她那個地方，她呼吸急促地說：「啊！好舒服。」

「但是你的戒指弄痛了我。」

少年一臉迷惑的說。

「那是我的手錶啊！」

△少女的航海日記

（星期一）船長招待用餐。

（星期二）與船長共度一日。

（星期三）船長提出下流的要求。

（星期四）船長威脅，如果拒絕就要沈船。
（星期五）救了五百人的生命。

△小黃瓜

媽媽叫阿丁去買一打小孩子用的冰袋，結果阿丁買錯了。
「那是……黃瓜用的袋子啊！」媽媽驚訝的叫著。

△懺　悔

少女：「神父，我要懺悔，因為我允許男朋友吻我。」
神父：「這就是全部經過？」
少女：「男朋友又把手放在我的腿上。」
神父：「嗯，然後呢？」
少女：「然後他把我的內褲脫掉。」
神父：「嗯，嗯，然後呢？」

少女：「他又把自己的寶貝拿出來，壓在我的手掌裡。」
神父：「哦，然後呢？」
少女：「後來母親進入房裡。」
神父：「唉呀！真是的！」

第一章 學校生活

△性教育

一所一律住宿的教會女校，認為應給畢業生做一次性的教育。

修道院長馬莎柔聲地對大家說：

「小姐們，不久妳們就要踏入這滿佈邪惡的社會了，社會上有很多壞男人，他們專以甜言蜜語來接近妳，用酒灌醉你、引誘妳使妳不得不任他們蹂躪，最後可能用幾百元把受傷的妳趕出去。」

「對不起，可不可以發問，院長？」

有一個畢業生舉手發問。

「院長，男人真的會給幾百元嗎？」

「是啊！男人想用金錢來逃避責任，這是多麼卑劣的行為啊！妳為什麼這麼問呢！」

「沒……沒什麼，只是神父只給我巧克力而已。」

△女　校

訓導主任斥責風紀紊亂的訓話將結束——

「所以，各位不論在何處，都是本校的學生，不能邊走邊抽煙，教室裡不准穿短褲，甚至在自己房裡，也不談論不雅的話題。其次，如果有男生糾纏妳，妳要自己問自己——一小時的快樂，值得毀損一生的名譽嗎？最後，有沒有什麼問題……」

教室後面忽然傳來一個聲音說：

「怎麼做，才能讓他持續一個小時呢？」

△擠牛奶

城市少女到牧場幫忙。

「妳覺得鄉村如何？」

牧場主人問。

「很好啊！」

少女由衷的說。

「空氣新鮮、花草芳香，並且今天擠了很多牛奶。」

牧場主人回頭看看牛，突然大笑。

「哈…哈，妳擠了這隻公牛的奶？牠一定嚇了一跳！」

△請　便

年輕人帶母牛到農場裡，準備讓牠與公牛交配。

到了農場，年輕人和年輕少女一同觀看交配的情形。

「公牛真厲害！」年輕人稱讚少女的公牛。

「是啊！」

「做的很不錯！」

「嗯……」

「我也……」年輕人深情款款地望著少女說。

「那隻公牛所做的事，我也會啊！」

少女忸怩作態地說：

「你去做做看好了，反正是你的母牛啊！」

△農家女

兩個男人一同站在鄉村小徑旁小便時，有一位農家女走過，其中一人把自己的寶貝東西給農家女看，並開玩笑地說：

「喂！甘薯姑娘，有這種胡瓜要怎麽辦才好！」

「插入你同伴的屁股好了，施施肥就能更粗大。」農家女泰然的說。

△喪　失

有個很醜的女學生，暑假返家，坦白的對母親說，她已失去了貞操。

「怎麽會發生這種事！」母親大吃一驚。

「很不平常呢！」女兒回答。

「是三位好朋友，合力把他壓下去的。」

△看一眼就……

「我相信一見鍾情。」

蘇珊對同班的安這麼說。

「我第一次看到他的東西，就知道自己已喜歡上他了。」

△電　話

娜妲莉在浴室洗髮時，聽到室友大叫——

「娜妲莉，有人打了一通性騷擾的電話給妳！」

娜妲莉回答說：

「拜託！請替我問他的電話，等一下我會打電話給他。」

△名　著

教授講授小說的結構，強調名著必須具備：

一、論及宗教。
二、滿足大衆窺視上流社會的趣味。
三、具推理性。
四、以某種形態提到性。
以上四要素，要儘量放在第一段。
有個學生的作品，第一行是——
「神啊！」男爵夫人這樣說。「肚子裡的孩子，父親到底是誰呢？」

△通　知

舍監打電話給一位大學生的父親，將好消息與壞消息告訴他。
「能不能告訴我壞消息？」父親說。
「老實說，你的孩子是無藥可救的同性戀者。」
「好消息呢？」
「你的兒子將進入女子學校就讀。」

△謎中謎

上大學的兒子，出了一道謎題讓父親猜。

「長長硬硬的，又會流出東西，是什麼？」

父親聽了，怒斥兒子。

「爸，不要激動嘛，答案是鋼筆啊！」兒子趕忙解釋。

次日的晚宴上，父親得意的向大家提出這個謎題，在座的女士們，臉色難看地怒視他，他竟得意的邊笑邊說：

「女士們，答案並不是鋼筆，而是男人的那個東西！」

△接　吻

有位女學生堅決拒絕男友的熱吻，並對他說：

「你怎麼可以這樣呢？」

「我不是那種第一次約會就做這種事的女人。」

「是嗎！」男人嬉皮笑臉的回答。
「那麼，如果這是最後一次的約會呢？」

△解剖學

上解剖課時，教授問學生：
「各位，人類器官中能比平常膨脹六倍大的東西是什麼？請回答。」
沒有人回答。
教授又說：
「史蜜斯小姐，請妳回答。」
史蜜斯小姐只好站起來，臉紅的說：「這……我為什麼要回答這樣的問題？」
教授非常生氣的說：
「好吧！坐下。你們都不及格！人體器官中只有一樣能比平常膨脹六倍大，那就是瞳孔。」
說完後，就嘆息的走出教室。

△幾　點？

「昨晚和你接吻的男人是誰？」

「幾點鐘的事？爸爸。」

△舞　會

在燈光閃爍的畢業舞會中，克拉克發現角落裡有一位女生，於是就悄悄的繞到她後面，用力擁抱並親吻她。

「你想做什麼？」

對方生氣的用力推開克拉克。

「對不起！」

儘量保持鎮靜的克拉克說：「我以為妳是我妹妹。」

「你這個大傻瓜！」對方潑辣的說：「我就是你妹妹啊！」

第三章

綻放的你和我

△藥　局

雖然急著幽會，但必須買保險套，所以卡爾就到藥局。店員會意的笑笑。

「上個禮拜，在舞會認識的。真是位積極的小姐，你知道嗎？她家人今晚要去聽歌劇，偌大的公寓裡就只有她和我。」

卡爾抵達時，南茜在門口迎接、擁抱他，然後兩人一起坐在沙發上看電視。

「等會兒他們就要出去了。」南茜在卡爾耳邊悄悄的說。

「等爸爸下班吃過飯後，就要出去了。」

不久南茜的爸爸回來了，她向父母介紹卡爾。

「我和南茜也和你們一起去好嗎？」卡爾說。

「我想，你們年輕人大概不喜歡和老年人在一起吧！」

南茜的母親說。

「那兒的話，我們想和你們一起去。」卡爾不理會楞在一旁的南茜，自作主張。

「我不知道你也喜歡歌劇？」幫卡爾穿上外套的南茜，困惑的說。

「我也不知道妳爸爸在藥局上班。」

△母親的教誨

「如果被喜歡的男人要求時，就不要拒絕。」母親這樣對女兒說。同時表示，當男友起身時，要立刻請他事先幫嬰兒想好名字，如此男人就不得不求婚了。

女兒和男友一番雲雨後，就遵從母親的教誨，要求男友

「是嗎？」男友一面把保險套吊在窗口上，一面回答：「如果能從這個玩意中溢出來，就應取名叫魔術師。」

△了解自己

年輕男人在床上慵懶的抽煙，一旁的女友似乎在想著什麼。

「達令！」她忽然說。

「結婚好不好？」

男人深吸了一口煙，頭也不回地說：

「像我們這樣的人，還有人想和我們結婚嗎？」

△地下鐵

拒絕奪取女友貞操的男人，對女友說：「以後再見。」

女友答：「我知道，你想將污穢的事推給別人，而只想享受樂趣。」

「當然啦！」男人回答。

「我雖乘坐地下鐵，但卻不想去築鐵路啊！」

△試　用

吉姆到藥局去，剛好女店員當班，他要求男店員來服務。女店員就對吉姆說，沒什麼可害羞的。於是吉姆表示想買保險套。

「大小？」女店員問。

「不知道。有那麼多種類嗎？」

「請到這裡來。」女店員帶吉姆到內室裡。

「請試試看。7號，好，拿起來，需要幾個呢？」

吉姆迷迷糊糊走出藥局，將事情經過告訴好友法朗克。法朗克聽完後，馬上到藥局，故做害羞樣表示要買保險套，但是不知道尺寸大小，於是女店員就帶他到內室去。

「請裝起來看看，不錯！就是那樣。尺寸8號，你要幾個呢？」

法朗克一點也不理會她的話，只等著射精。然後他緩慢的說：

「並不是現在需要，只是來這兒試試看而已。」

△優等生

迪諾和打字員莎莉一同去旅行。當要上床時，迪諾坦白的說不會使用保險套，所以莎莉不得不用迪諾的大拇指來敎他使用的方法。然後二人盡情沈溺在激情的風暴中。風暴過後，莎莉開口說：

「好像有點怪怪的，是不是掉了呢？」

「不會吧！一直裝得好好的，妳看！」迪諾得意的舉起大拇指說。

△熟　練

「坦白說，」波布擁抱凱茜自白。「妳是第一個。」

「那麼，我也老實告訴你。」凱茜回答。「你還不夠熟練。」

△尺寸不合

波布與愛蓮相擁熱吻時，興奮的波布脫下褲子，掏出自己的寶貝來。

「波，你要做什麼？」

「我忍耐不住了。」波布臉熱烘烘的說。

「哎呀，糟了，廁所在哪？」

「妳怎麼這麼笨，妳不知道我想幹什麼嗎？」波布舉起寶貝說。

「我知道啊，只是尺寸不合！」

△女人心

跳舞時女人問：

「喬治，你愛我嗎？或者只是懷裡的電燈泡呢？」

△能去不能回

年輕人在更衣時，正好對面窗口也有一位年輕女人在換衣，那是位胸部豐滿，體態婀娜的美麗女人。

年輕人打開窗戶，舉起勃起的寶貝，溫柔地對女人說：「妳不來嗎？」

女人躊躇猶豫了一會兒，也對男人柔情地說：

「那麼，怎樣回來呢？」

△百日咳

女人以輕蔑的口氣向求婚的男人說：

魔鏡、魔鏡，在這世界上，誰的寶貝最大？

「那麼小的東西能做什麼？我打一下噴嚏，就會飛掉！」

男人緊張地說：

「或許會這樣，但是如果妳不罹患百日咳，它就不會飛掉啊！」

△迷你車

一對情侶乘坐奧斯汀迷你車到草原郊遊，到了草原後，女的喘息著自車內跳出，慌亂的在草地上舖毯子並催促男人：

「快來啊！趁這種心情還沒消失時快出來啊！」

「那種心情不消失根本就出不去！」在迷你車中的男人大叫。

△那種姿勢

眼鏡店老闆對前來訂購眼鏡的男人說：

「上週不是才買了一付，怎麼又要買一付？」

「發生了一點事，壞了。」

「發生了什麽事呢？」

「和女友親熱時……」

「和女友親熱眼鏡怎麽會壞呢？」

「這……這……她突然雙腿交叉。」

△清　洗

一位姑娘在神父前告解說：觸摸了男人的陰莖。於是神父要她投一些錢到捐獻箱內，然後用聖水洗手。此時，又有一位姑娘來向神父告解說：與男人發生關係。神父叫她把陰道洗一洗。二人同時走到聖水旁時，第三位姑娘進來說：

「在妳們清洗之前，請讓一讓，我先漱漱口。」

△溫柔的女人

男人因女友不讓他做越軌的行為，顯得焦躁不安。有一天，他駕車帶女友到離城十英哩的郊區，強迫她說：「要做愛？還是走路？」

女友選擇走路。

第二週，他帶女友到二十英哩的城郊，女友仍選擇走路。

第三週，不理會女友苦苦的哀求，他又帶她到七十五英哩外的荒野上，女友終於屈服了。

事情完畢後，二人抽煙休息時，男人說：

「現在想起來不是很傻嗎？那麼遠的路走了二次。」

「是嗎？」女友說：「走十、二十英哩的路，我不會覺得累。可是七十五英哩，怎麼樣也不想走，雖然不想把淋病傳染給朋友，但也不想走那麼遠的距離啊！」

△馬　鞍

女郎的車子在草原中發生故障，有一印地安人剛好騎馬經過，女郎請印地安人騎馬載她到附近的加油站。

騎在馬上，印地安人不斷地發出從未聽過的奇妙叫聲，馬兒奮力急奔，不久就到了加油站。好奇的加油站主人問：

「小姐，妳是怎麼騎來的？」

「很簡單啊！只要抓住馬鞍就可以啦！」

「小姐，印地安人的馬上並沒有馬鞍啊？」

△防範未然

一位美國佬在義大利駕車旅遊，離開羅馬十英哩的地方，被攜槍的蒙面強盜攔劫，驚嚇不已的美國佬，顫慄的向強盜哀求：

「要錢、要車都可以，請不要殺我！」

「不要害怕，照我的話做，我就不殺你！」

說完後，強盜要美國佬拉下褲子，命令美國佬自慰，美國佬雖想抵抗，但在槍口下不得不依他的話做。

「好，再做一次。」美國佬除了聽話外，別無選擇。

「再一次，不然我就殺了你。」美國佬用盡最後的氣力完成了第三次。這時候，強盜忽然出聲做手勢，岩縫中立刻走出一位年輕貌美的女子，強盜對美國佬說：

「對不起，請順便把我妹妹帶到城裡。」

△不艮嗜好

「太太！」寡婦吉娣向鄰居比克太太抗議。「請告訴妳兒子不要跟在我後面糾纏不清。」「我已經告訴我兒子很多次了，應該停止這種不艮嗜好了。」

△性調查

美國最具權威的性科學研究所，最近大規模的舉行男性性行為調查。根據統計顯示，性交後，百分之十八的男性躺睡在床上抽煙。

百分之三，上廁所。

百分之五，到冰箱中找東西吃。

百分之十，不詳，或發生被急救車送往醫院等異常事故。

百分之七十三，起床穿衣回家。

第四章

見識廣博……

△墜　落

自三樓窗口落下一個剛用過的保險套，恰巧掉在正在散步的男人頭上。

男人很忿怒的大聲叫罵：「上面有沒有人。」

「有啊，我女兒！」有位老婦人回答。

「一個人嗎？」

「不，與未婚夫在一起。到底發生了什麼事？」

「沒什麼，有件事想告訴妳，剛才妳未來的孫子摔下樓來了。」

△最後的忠告

下週日即是喬的結婚典禮，喬和父親一起在郊外露營，他問父親：

「當我將踏出重要的一步前，你有沒有什麼最後的忠告？」

「有，請記住兩點。第一，要她答應至少每週一次讓你和男人過夜，第二，那一夜，絕不可讓和你過夜的男人覺得無聊。」

△兩　手

年輕的女郎偶爾發現未婚夫的寶貝太長而驚異不已。由於擔心受不了因而打算與放棄他結婚。

「先試試看，如果真的太長再退婚也不遲啊！」母親如此諄諄善誘。女郎對未婚夫說明後，三人一同進入臥室。

「這樣好嗎？我先用雙手握著他的寶貝，如果妳認為沒有問題，就叫我放手。」母親如此說道。

事情進行時，母親不等女兒說什麼就先放開一隻手，不久又把另一隻手放開。不料，女郎卻叫道：

「媽，手可以放開了！」

△手　勢

結婚典禮在教室莊嚴的舉行，到了互換戒指時，過度緊張的新郎，完全忘了這事。

焦急的神父，做戴戒指的手勢，不停地向新郎眨眼提示。

新郎看到後，面紅耳赤地對神父小聲的說：

「神父，今晚，在今晚啦！」

△鑑定法

剛結婚的新郎，和親友討論確認妻子是否為處女的方法。親友表示，在新婚旅行時，不妨準備一桶紅色油漆，一桶藍色油漆，以及一把鐵鏟。

「用紅漆、藍漆各在睪丸上著色，如果她表示這種奇怪的東西第一次見過，就用鐵鏟打她的頭。」

△新　婚

結婚的第一夜，新娘推說正值生理期中，而不讓丈夫接近。第二天，又推說腹瀉。第三天，丈夫終於忍無可忍，穿上船員用的雨衣、手提油燈，站在妻子旁，大聲說：

「經血、小便、泥土、糞便，如颱風般向我襲擊，麥奇陸少尉，今晚一定要上船。」

△品質保證書

為錢而結婚的女人，在結婚前一晚，獻身給真正所愛的男人，但是沒有帶保險套，所以男人就用火腿的塑膠薄膜來代用。做愛時代用品脫落而無法取出。到了結婚的第一個晚上，代用品黏在新郎的寶貝上，新郎問：

「這是什麼東西？」

「是處女膜。」女人回答。

「是嗎？第一次看到這種蓋印的品質保證書？」

△只蒙頭部

母親對明天即將結婚的女兒說：

「為了不使他嫌惡，不可在他面前脫光衣服，不可裸露自己的一切，應留下一點秘密。」

二個月後，新郎問新娘：

「親愛的瓊，妳的血統是否有罹患精神病的可能？」

「當然沒有啊！為什麼這樣問？」瓊有點生氣的反問。

「沒什麼，只是覺得不可思議，結婚二個月來，妳為什麼在床上也不脫下帽子呢？」

△新　娘

新娘問新郎：

「親愛的羅爾，我們已結婚了，可以讓我看看陰莖究竟是啥模樣嗎？」

以為妻子沒經驗而暗自感到高興的羅爾，立刻展現給她看。

「啊，雖然小了點，但仍稱得上是珍寶。」

△慈母心

新娘想把腳穿進睡衣中，可是總是沒辦法穿進去，所以急躁的請新郎幫忙。

「怎麼弄都弄不進去，看來非用剪刀剪開不可。」

——在門外偷聽的母親，驚駭的大喊：

「不能剪啊！它會慢慢變大，我以前也是這樣啊！」

△隔壁(1)

一對新婚夫妻在娘家過初夜，岳父母決定當晚要在隔壁窺視，然後模仿他們。

年輕夫妻交合三次，正要做第四次時，岳父敲著牆壁絕望的說：

「羅伯特，你想害死你母親嗎！」

△隔壁(2)

一對新婚夫妻，發現父母在隔壁窺聽，於是決定到飯店過夜，隨即開始準備行李袋。

在隔壁偷聽的父母，將塞衣服的聲音以為是燕好聲音，一直好奇的偷聽，二人整理行李時因為太急躁了，所以行李袋的拉鍊卡住拉不上，於是新娘小聲地說：

「我坐在上面。」

「不，我在上面好了。」新郎說。

「這樣好了，我們一起坐上去——」

新娘話還未說完，門突然被打開，父親衝進來說：

「這種畫面不得不看。」

△三個女兒

三個女兒同時舉行結婚典禮。當晚父母到女兒們的臥房外偷聽。先聽到大女兒的笑聲，其次又聽到二女兒的哭聲，但是三女兒的房裡並沒有傳出任何聲響。

翌日早晨，父母向每人問明理由。

大女兒說：「你們不是常說如果癢就要笑。」

二女兒說：「你們不是常說如果痛就要哭。」
三女兒說：「你們不是常說把東西放入嘴裡，就不可出聲嗎！」

△初　夜

笨頭笨腦的湯姆，雖已在初夜的床上，但連新娘的手一下都沒碰，新娘不耐煩並且小聲地對湯姆說：
「親愛的，我的腳好冷。」
湯姆就拿毛毯幫她蓋上。
「親愛的，我肩膀也冷。」
湯姆又拿毛毯幫他蓋上。
新娘終於按捺不住。
「你如果是個男人，不會不知道！我的兩腿間有洞啊。」
「哦，從那裡會吹進風來嗎？」

△幾　次？

湯尼結婚次日，被好奇的同事團團圍住詢問初夜的情形。

「昨晚做了幾次？」有一位同事邊笑邊問：

「五次。」

「真的嗎？能力很強啊！」

「第二天，那名同事又問：

「昨晚做了幾次？」

「十二次。」

「什麼！真的？」

有些同事不大相信，但大家對平時傻呼呼的湯尼無形中感到有點恐懼。

第三天，同事又問他，昨晚做了幾次。

「六十六次」湯尼回答。

「湯……湯尼，你是不是在說謊？」

「我發誓，一點兒也不假。」

然後湯尼把腰部向前搖，一面搖一面數：

「一、二、三、四……」

△那一根讓給別人

羅拉坐在約卡夫的膝上進行愛撫時，羅拉感覺屁股下，約卡夫的寶貝隨自己的搖動也左右搖晃，所以就問：「到底怎麼了？」

「我有兩根啊！」約卡夫說。

兩人結婚，順利的度過初夜後，羅拉小聲的問：

「親愛的，用另一根做做看。」

這時，約卡夫說：「喬治那傢伙，一根也沒，所以另一根就給他了。」

數日後，約卡夫看到羅拉自喬治家裡走出來。

「天啊，妳為什麼做這樣的事？妳竟然把更好的給了喬治。」

△柳　橙

乘睡鋪列車旅行的新婚夫婦，怕別人聽到他們想做愛的對話，所以決定行房的暗號，暗號是妻子說「請給我柳橙汁」。這暗號用了五、六次後，從下鋪傳來聲音說：

「給她多少柳橙都可以，但是請不要把果汁滴下來。」

△許可證

一對年輕男女在緬因州鄉下的旅館時，被要求提出「結婚許可證」，男人就把「釣魚許可證」交給近視眼的櫃檯人員後，馬上拔腿跑進樓上房間。仔細檢查許可證發現有錯的櫃檯人員，從後面喊說：

「先生，不行啊！請不要做！這不是做那件事的許可證。」

△敲　鐘

你不要這樣看我！並不是我自誇，人家都說，我比別人的更好啊！

莎莉與喬治要以法國中世紀的「愛之術」迎接新婚初夜，莎莉提議：每當鐘響，就要做愛的交合，以提增樂趣。

喬治很高興的答應了。但到了第四次鐘響時，喬治謊稱要去買煙，於是搖搖晃晃的走出房間，到鐘樓找看守人。

「我想和你商量一下。」他上氣不接下氣對嚴肅的看守老人說：

「拜託！從現在到黎明，不要每一小時敲一次，能不能每二小時敲一次？」

「先生！」看守老人手捻白鬚回答。「若能這樣最好不過了，但恕我不能遵從。」

「為什麼？」

「如果你要錢，我可以給你啊！」

「很抱歉！我剛才已被一位年輕女郎收買了，她要我每三十分鐘敲一次！」

△早晨

第一次兩人一起迎接早晨，新郎對新娘說：

「哈妮，早餐時間到了，喜歡什麼？」
「我喜歡什麼，你應該知道啊！」
「當然知道，但有時不吃飯不行啊！」

△沙　漠

年輕夫婦駕車在美國度蜜月旅行，有一晚在西部沙漠露營時，遭到墨西哥強盜的襲擊，持槍洗劫所有財物後，強盜對男的說：
「先生，我要和你太太做愛……。你好好捧著我的睪丸，不要讓熱沙燙傷它。」
事情結束後，強盜快樂的唱著歌，騎馬走了。年輕夫婦默然的上了車，一言不發地駕車走了幾百哩後，妻子忽然掩面哭泣。
「你真沒用！我被人強暴，而你卻只是默默的在一旁觀看。」
「我什麼都沒做？」丈夫反駁說：「我有啊！我把他的睪丸兩次丟在熱沙上。」

△侮　辱

男人對女人的最大侮辱——「爽死了吧！」

女人對男人的最大侮辱——「插進去了嗎？」

△放 大

初夜的第二天早晨，男人興奮的對妻子的下體拍照。妻子問丈夫為什麼要拍照？

男人激動的說：

「要將照片一刻不離的帶在身上。」

妻子不服氣的說：

「相機借我！我拍你的來放大。」

△炸 藥

新婚夫婦在飯店裡，第一次在對方面前脫衣，丈夫察覺妻子品評般的眼光後，有意誇示自己的男子氣概，於是胸膛一挺，用拳拍打說。

「是一百九十磅的炸藥。」

「是、是，」妻子說：「可是，只有三英吋的導火線。」

△國　王

年輕丈夫赤裸的站在鏡子前，凝視自己的身體。

「再長二英吋我就是國王了。」他自滿的說。

「是呀！」妻子回答。

「若剪去二英吋，你就變成女王了。」

△甜甜圈與小黃瓜

年輕夫婦赤裸相向，妻子向丈夫的寶貝套甜甜圈，丈夫向妻子的下體插入小黃瓜。父親看到了就向母親說。

「我們也來做做看。」

「好啊！」母親說：「要丟給我有孔的糖果嗎？」

「對啊！我要用西瓜！」

△拍　賣

「我夢見拍賣男人的寶貝，大的五佰元，粗的一仟元。」新婚妻子對丈夫說。
「那麼像我的呢？」
「不但免費還附贈品給人家。」
丈夫沈思許久後，對妻子說：「我也做了一個夢。」
「夢見拍賣女人的下體，可愛的定價五仟元，小而緊縮的一萬元。」
「那麼像我的值多少？」
「拍賣在其中舉行啊！」

△客　氣

有一男人到飯店借廁所，被領進舖有地毯的豪華大理石廁所，男人取出寶貝正想尿尿時，覺得不搭配，於是又把它收起來，再跑到飯店對面的加油站借廁所。

△還　是……

妹妹惡作劇的把姊姊蜜月時，穿的睡衣剪了一半。

到了上床的時間，新郎對新娘說：

「不要偷看喔！」

正想穿睡衣的新娘，不經意的喊出：

「哎呀！太短了！」

「還是偷看了！」新郎氣餒的說。

△放　手

一對新婚夫婦在比賽灑尿技巧，丈夫一面用小便畫線，一面展露自信的微笑。

這時，妻子也充滿自信的對丈夫說：

「哎呀！不可用手啦！」

△鞋的尺寸

吉娣和一個穿大鞋子的年輕人結婚，她以為穿的鞋子大，那個東西也一定大，新婚旅行的第二天清晨，年輕人醒來發現枕邊有張字條，上面寫著「請選用符合你尺寸大小的鞋子。」

第五章
出生的煩惱

△記　憶

兩個男人互相誇耀自己良好的記憶力。

其中一個說自己在母親子宮內的情形。

「哼！那種事情。」另一個男人說。

「我到現在還記得，我父親每隔一天就和女傭做那件事，每次都在睪丸中蠢蠢欲動，但是我仍拚命忍耐不出來，不希望出生後成為一個私生子。」

△叛　亂

父親每次都用保險套，沒有機會出去的精子們，於是計謀叛亂。

選舉領導者且遵照決議，下次父母性交時，要一起打破保險套，使母親受精。

設置警衛，由領導者帶領藏在包皮下，雙方開始性交時，他們按照原定計劃向保險套湧去。

突然，領導者發出悲痛的聲音：

「回去！回去！孔不對啊！」

△能　手

「我不喜歡妳那位愛爾蘭男友，粗暴、無能，而且似乎腦筋不太好。」

「不對吧！爸爸，他是我所交往的人中最聰明的。」

「是嗎？妳怎麼知道？」

「因為和他交往不到二個月，我每月的出血性疾病，他全替我治好了啊！」

△父　親

父親得知雇主使女兒懷孕，於是非常忿怒並揚言要殺他。

「請你冷靜點。」雇主說。

「我對你女兒不壞啊！如果生個兒子，我願付養育費五萬美元，若生個女兒，則出三萬五千美元，你認為如何？」

考慮許久後，父親說。

「如果流產，你還會不會再給我女兒一次機會呢？」

△不孕㈠

不孕的法國女王，決心徒步到靈驗的謝特爾寺院祈子。途中，經過一座橋時，橋下洗衣的女人大聲問：

「橋上的人，是否要到寺院去？」

「是，」女王回答。「神都不賜小孩給我……，聽說只要到那寺院祈求就能得到小孩。」

「沒有用的！」洗衣的女人說：「以前創造奇蹟的神父早已死了！」

△不孕㈡

怎麼努力都不能使妻子懷孕而苦惱的男人，忽然想到一個妙計。

二人到避暑勝地，從避暑的男人裡選一個男人，妻子要向他投懷送抱，丈夫則要佯裝普通遊伴並慫恿那個男人。

計畫順利進行，丈夫在飯店大廳內等候，雖心中有些後悔，但仍自我安慰：要得到小孩就必須忍耐。於是盡力按捺焦躁的心情。

一小時後，「代理父親」自電梯出來，他連忙跑過去，詢問他詳細的情形。

「怎麼樣？」

「啊！很好啊！」男人心不在焉的回答。

「只是，事情太順利了，所以覺得似乎另有隱情，為了以防萬一，所以使用保險套。」

△孕　婦

有一位性感的女郎擠上了擁擠的公車，因無座位了，所以就請求前面的紳士讓位給她。

「平常我是不會隨便拜託別人的！但是，你看看，我是個有孕之身。」

紳士仔細考慮後，對她說：

「我很榮幸能讓位給妳，但是妳並不像有身孕啊！」

「或許是，」她嫣然一笑：「因為，才受孕十五分鐘而已。」

△姿　勢

得知有喜的年輕女人，詢問醫生，生產時應採用何種姿勢。

「與妳和他做愛的姿勢相同。」

「什麼！」女人驚異的說：「你是說，要將雙腳架在計程車窗口上，在遊樂區跑二小時嗎？」

△十個月後

新婚之夜時，雖然新郎用了保險套，但是不慎脫落在新娘體內，新郎想用麥草掏出，可是麥草反而滑進去了；他又想用牙籤取出麥草，但仍不小心進去了。

十個月後，新生兒穿著橡皮雨衣、戴麥草帽子、手拿手杖自母胎裡出來。

△經驗者

等待第一個孩子出生的年輕父親，在產科醫院的候診室中問老經驗的父親：

「生產後經過多久，才能再與妻子同床？」

「要看太太在特等病房，還是普通病房而定。」

△吾 子

女人生產時到底是什麼感覺？有個男人想知道真實的情況。

被問的醫生，就把一公升葵花油注入男人的肛門內，用栓子塞住。

男人回家後，感到愈來愈痛苦，只有街上義大利猴子雜耍團奏出的音樂，稍能減輕痛楚。

有隻猴子自窗口跳進男人房中，猴子剛好潛進棉被裡時，男人肛門的栓子終於迸出，排洩物流得滿床，猴子搖搖晃晃的爬起來，男人一把把牠緊緊抱住，感動的說：

「你雖又醜又髒且毛絨絨的，但是我最愛的孩子，我一定會好好愛你的。」

第六章

享樂的報酬

△沒有必要

即將結婚的年輕農夫，眉頭深鎖的到醫院。

診察後，醫生說：「我教你一個方法。」於是詳細說明治療法。

「把你的寶貝浸泡在牛奶中，每天給小牛吸吮，二個月後，寶貝一定會變大。」

數週後，醫生與農夫不期而遇。

「如何？結婚生活順利嗎？」

農夫不好意思吞吞吐吐的說明。

「可是……」醫生驚訝的不知所措。

「不順利？怎麼會呢！」農夫回答。

「我已沒有結婚的心情了。」

△過度的性生活

卡陸斯憔悴的到醫院。

「我每天要與五、六位女人各性交三次。」

「是嗎？那就是使你生病的原因。」

醫生對卡陸斯說。

「我還以為是自慰引起而憂心忡忡呢！」卡陸斯放心的說。

△星期五

滿面愁容的美麗女人，流著淚坦誠的對醫生說，結婚一年來夫妻都沒交合過。

「妳悲嘆是應該的！」醫生驚異的說。

「明天請帶妳丈夫來一趟，我和他談談。」

翌日，女人與丈夫一同前來。

「先生，我本來不想干涉私人的事，但是…」醫生說。

「你似乎沒有盡到做丈夫的責任。」

「醫生，你這是什麼意思呢？」純樸的丈夫說。「我自認為是個溫柔親切且肯奉獻的人，況且我的收入也不壞啊！」

醫生用各種方式想讓他了解話中的含意，但都失敗了。

「好！」醫生終於灰心的說。「既然如此，我做給你看。」

醫生請美麗的女人脫衣，徵求她的同意後，熱烈的進行愛的行動。結束後稍做休息，醫生開口說：「就是這種事，所有已結婚的女性至少每週需要二次。」

看到妻子的表情，這位丈夫不得不表示贊同。

「我已很了解了，醫生……那麼，星期五再拜託你了。」

△內　向

已結婚三個月的內向男人，在路上遇見熟識的醫生，對他訴苦——因為妻子也很內向，目前仍只是名義上的夫妻。

「問題的根本是……」聽的有點煩躁的醫生勸告他說。

「因為你們都以為只有睡覺時才能做那件事，『時間快到了』如此緊張地等待，事情當然無法順利，所以往後不論何時何地，只要有那種心情就不可錯失良機。」

年輕的男人向醫生致謝。匆匆回家把醫生的話告訴妻子。一週後，醫生與男人又碰面了，看到男人充滿自信的微笑。醫生問：

「看來，我的勸告似乎有效。」

年輕男人神秘的笑一笑，說：

「謝謝，前幾天晚餐時我們做了那件事。當時我伸手拿鹽，而她也正好……！兩手相碰，電流般的感覺流遍全身，我立刻站起來，把桌上的菜盤一掃而光，然後把她壓倒在桌上，於是我們就結合了。」

「很好啊！這麼順利，我真為你們感到高興。」醫生說罷欲離去，此時，年輕男人將手按在醫生肩上，欲言又止的說：

「可是，醫生，還有一件事不順利。」男人有點激動的說。

「是什麼呢？」對這突然的變化而感疑惑的醫生問。

年輕男人說：

「從此以後，我們都不能再打野食了。」

△下次……

有一位年輕男人與初識的小姐，一起纏綿整夜。第二天，他發現陰莖上出現異樣的紅色斑點，而非常驚駭。

於是不放心的到醫院去，請醫生仔細檢查，醫生用棉花沾酒精，一面擦拭陰莖一面對興奮的年輕男人說：

「下次要和小姐約會時，應送給她不溶性的口紅。」

△朋　友

一個男人對醫生說朋友得了性病，想知道是否能治癒，醫生表示沒問題。

「我的朋友擔心費用很貴。」

醫生表示，會看病人支付能力來收費。又說，治療只要四個月，且完全保密。

「我朋友還想知道，治療時是否會痛？」

「這……這很難說，請把你的朋友拿出來讓我看看，我幫它診察。」

△靈　藥

農夫自醫生那兒拿了一瓶強精劑，想用牛來做試驗。於是把它混在飼料中給公牛吃。

第二天早晨，牛舍崩塌了，在痛苦不堪的母牛旁，公牛一副要暴發的樣子，焦躁的來回走動。農夫驚嚇的把藥丟入井中，醫生聽說後，對農夫說：

「你可不要喝井裡的水啊！」

「不會啦，」農夫困惑的說：「可是自那天以後，幫浦的手柄一直是向上舉。」

△外　科

男人到整形外科接受陰莖手術，醫生問：

「怎麼會變成這樣？」

「醫生，你知道汽車集體露營嗎？我和許多人一樣，開旅行車到郊外過夜。」

「我的鄰居是個金髮、高壯的女人，她非常淫蕩，每晚我都看見她把熱狗插在床上的小洞裡，蹲在熱狗上取樂。」

「然後呢？」醫生催促他繼續說。

「我覺得非常可惜，前天晚上，我爬進她的汽車下，拔掉小洞上的熱狗，換上我的陰莖，嘗到巧妙、難言的滋味。就在這時候，忽然有人敲門，她慌忙的站起來，想把有血有肉的熱狗踢進暖爐下。」

△無異常

有一位母親，請求精神科醫師，寫一張兒子罹患精神病的診斷書，並要強制他住院。醫生問她，到底發生了什麼事？

「聖誕節那天，半夜裏起來把冷箱內的肉餅全吃光了。」

「這是很單純的事啊！」

「還有更糟的事——前幾天，他把女傭從樓上拖下來，和她做愛。」

「這也很正常啊！太太，如果妳說他吃了女傭，或和肉餅做愛，那就一定要強制收容了。」

△正　常

第六章　享樂的報酬

男人對精神科醫生說，自己是個正常的人，只有一點和普通人不同，那就是喜歡和馬做愛。

「是嗎？」醫生捻著鬍鬚問。「那匹馬是公的？還是母的？」

「當然是母的啊！」男人忿怒的說：「你以為我變態嗎？」

△魚

有一個男人向心理醫生訴說夫妻間的煩惱。

「即使與太太分離了，也不必如此鬱鬱寡歡啊！海裡不是有很多魚嗎？」

「話雖不錯，但是，問題是我現在的餌，還能夠像年輕時那樣釣得好嗎？」

第七章 不能動手

△提　案

神經質的年輕人走入藥局，冷漠的中年女店員出來招呼，慌亂的年輕人紅著臉說：

「我想直接和藥劑師談談。」

「我就是藥劑師，你需要什麼？」女店員面無表情的說。

「這……沒什麼重要的事。」年輕人說罷轉頭要走。

「我和我姊姊兩人經營藥局已近三十年了，沒有什麼不好意思或害羞的，來，不要害臊，說呀！」

「那，我就說好了，我對性非常飢渴，雖已吃了藥，做愛了很多次，但仍無法制止這種性飢渴，妳們這兒有沒有什麼特效藥？」

女藥劑師說：「請稍等，我跟我姊姊商量一會兒。」然後走進內室，幾分鐘後，他走出來對年輕人說：

「我們願意提出最好的條件：每週二百元美金，與這家店的權益百分之五十，你認為如何？」

△在農場

有位出外旅行的女人寄宿農場裡，那裡只有二位身體健壯的牧童，晚餐後，她引誘他們到穀倉裡。

女人遞保險套給二人，「這是什麼？」其中一個牧童問。

「裝了這東西，就不必擔心會懷孕或得性病」。女人這樣告訴他們。

三天後，其中的一個牧童來訪，問：「妳有沒有懷孕？」

「沒有！」她這樣回答。

「有沒有罹患性病？」

「沒有！」

「那麼，我就要把那可惡的東西拿掉了，由於想小便它幾乎快破裂了！」

△強　盜

女人慌張的跑進警局報案：被強暴，財物也被搶。

「嗯，當時妳有沒有喊叫？」警官問。

「沒有！」女人回答。「因為我沒想到，錢袋也會被搶。」

△支　付

中年婦人深夜回家，突然從巷子裡跳出一名強盜，恐嚇她說：

「不要動！把錢拿出來。」

「一毛錢也沒有。」婦人顫慄的說。

「是嗎？」強盜毫不客氣的搜遍婦人的全身，婦人所言果然不假，因而打消搶劫念頭欲離去時，婦人興奮的纏住他說：

「請繼續啊！等會兒我開支票給你。」

△強　姦

貧弱矮小的男人被控犯了強姦罪，原告是一位高壯的女人。推事困惑的問女人

：

「聽說妳是背靠樹幹而被強姦的，是真的嗎？」

「不，因為我稍微蹲下，所以他才能強姦我啊！」

△頹　喪

瘦弱的彼得，常被戲稱為掃帚柄，而且女人都不理會他，彼得每天都孤寂的過日子。有一天，他進了一家酒吧解愁，邂逅了一名性感妖艷的寡婦，當她邀請彼得上她的公寓時，彼得高興的差點昏倒。

到了房間，寡婦要他脫衣等候，彼得赤裸著愉悅的坐在床上，焦急的等待她的出現。這時，寡婦帶一個六歲大的孩子走進來說：

「羅伯特你注意看，如果你不把義大利麵吃完，也會變成那樣哦！」

△錯失的願望

老處女布魯迪斯小姐和傢俱行的店員正在商量。

布魯迪斯小姐：「不知要買肘靠椅子，還是長椅子……」
店員：「選這個肘靠椅子絕不會錯。」
布魯迪斯小姐：「我知道，但我決定要買長椅子。」

△同　類

老處女蘭珊的家遭強盜侵入。
強盜：「不要怕！我不會對妳怎麼樣，只喜歡你的錢而已。」
蘭珊小姐：「出去！你和其他男人都是一樣的。」

△疑　惑

女人在晚宴中訴說昨晚夢裡的情形。
「夢中的我，把手指放入口中，且脫落了一顆牙齒。」
在旁聽的有點痴呆的客人，驚訝的問：
「真的只把手插入口中嗎？」

這一次，想不想看看我的呢？

△墓碑文①

吉涅特・瓊絲骨骸永眠於此。

生是處女，死亦處女。

不打、不跑、不犯過失！

△墓碑文②

不開封而退回。

第八章

成熟？還是……

△一板一眼的男人

有位一板一眼的男人任職一家公司的經理，他有個美麗的女秘書。有一天，他忽然自樓上窗口跳下來，骨折而被送入醫院。被詢問原因的女秘書回答：

「經理很奇怪，三週前他要我脫下外衣，就給我一仟美元，所以我就照做了，二週前給我二仟美元，要我脫的只剩內褲，我也照做了，上週要我赤裸的坐在他膝上，他要給我三仟美元，當然我也照他的話做了，今天，我赤裸的坐在他膝上，他忸怩抖聲的問我：『和妳做愛要多少？』我考慮了一會兒，對他說：『普通價就可以了，大概二十美元』，我話一說完，經理突然就從窗口跳下去了。」

△等火車……

新房子的女主人到建設公司，責難他們所建的房子不牢固，火車通過五十公尺前的鐵路時，整棟房子都會搖動。

「搖得非常厲害，連我都從床上被震下，如果你認為我誇大其辭，請你自己睡在床上試試。」

建設公司的老闆聳聳肩，只好照女主人的話，睡在她臥房的床上。

這個時候，男主人忽然回來，站在房間門口。

「你在我床上做什麼？」男主人對他怒吼。

老闆有氣無力的回答：「如果我說我在等火車，你相信嗎？」

△適合的顏色

有位婦人在超級市場裡，為了不知買哪種顏色的衛生紙而猶豫不決。一名男店員剛好經過，好心的建議她：

「綠的如何呢？太太。」

婦人一聽狠狠的摑了他一記耳光說：「褐色也很適合啊！」

△最低位

矮小的鼓手和朋友玩樸克牌，但運氣不好，二小時後成績是最低分的。牌局終止，大家開始閒談，話題談到如何才能使太太溫柔。第一個男人說，出門前一定親吻她的額頭，第二個男人說，要親吻她的嘴，第三個男人說，要親吻她的乳房，第四個男人說，要親吻肚臍，矮小的鼓手聽後，接著說：

「這麼說，我又變成最低位了。晚安！」

△黑眼圈

眼眶四周烏青的男人參加晚宴時，大家紛紛問其原因，他表示不小心撞到門，衆人不相信而笑出聲來。

「老實招來，被誰打的？」

「好，我告訴你們吧！」有點怒意的男人，惡作劇的說：

「出門時，才發現褲子前的鈕扣掉了，所以請鄰居太太幫我縫上，那位太太蹲下要咬斷線時——剛好她的丈夫進門來。」

△夫　婦

推銷員走入飯店，看到一位性感的金髮女郎坐在大廳沙發上，他對女郎微笑，女郎也妖艷的對他回笑，幾分鐘後二人到櫃檯開房間，名字登記為麥克•哈爾敦夫婦。

翌晨，推銷員到櫃檯付住宿費，櫃檯員拿了一張五百二十美元的帳單給他。

「這麼貴？」推銷員吃驚的大叫。「這是怎麼回事？我只住宿一晚啊！」

「不錯！」飯店櫃檯員禮貌的說：「但是，您太太已住宿二個月了。」

△旅行……

到處旅行的推銷員，車子在鄉間發生故障，當晚借宿在一位美麗的單身女郎家中。

他躺在床上久久無法入睡，這時，聽到敲門聲，推銷員慌忙的打開門，看到輕披睡袍的女郎站在門外。

「一個人寂寞嗎？」女郎問。

「當然！」推銷員興奮的回答。

「很好！」女郎高興的說：「又有一個車子故障的男人，想來這兒借宿。」

△笨 驢

男人到農家借宿，老農夫說：「沒有床了，不介意和我家丫頭擠一擠吧！如果不喜歡，只好請你睡在穀倉了。」男人擔心晚上會夜尿，所以決定睡在穀倉裡。

第二天早晨，一位美麗的女郎到穀倉旁擠牛奶。

「妳是誰？」男人問。

「丫頭，爸爸都這麼叫我。你是誰呢？」

「我是睡在穀倉裡的笨驢。」

△看不見的東西

妻子要約翰到市場買隻雞，從市場回來途中，忽然想起妻子也出門了，而自己卻忘了帶鑰匙。所以決定去看場電影消磨等待的時間，但不能抱著活蹦亂跳的雞進入戲院啊！於是把雞塞入褲子裡。

電影非常精采，連雞從褲子拉鍊探出頭來，他都沒有察覺。這時，坐在他旁邊的二名年輕女郎發現情況有異，就說：

「看！那男人褲子蹦出的東西。」

「有什麼稀奇！不過只有三英吋長。」

「話雖不錯，可是，它在吃我的爆米花啊！」

△紳　士

有一紳士對著牆壁尿尿，二名婦人自窗口偷看，後來紳士聽到竊笑聲，抬頭向上望。

「什麼事那麼高興？」紳士說。

「我們看到短小的東西就想笑。」

△裸　像

湯姆住宿在舊式旅館中，浴室在走廊末端，他洗完澡才發覺忘了帶衣服出來，只好裸身跑回房間。跑到一半時，不巧電梯門打開了，走出二名老女人，湯姆機智的裝成雕像直立在那裡。

二位老女人走到湯姆面前，其中一個女人從上到下仔細看過後，取出一枚硬幣投進湯姆口中，然後用手拉拉陰莖，回頭對另一名老女人說：

「快來看，乳液出來了！」

△只要二美元

紳士在酒吧喝酒，向身旁的年輕女人問：「對不起。請問現在幾點？」

「哎呀！怎麼這麼沒禮貌，你到底要做什麼？」女人大聲的說。

酒吧所有客人的目光都集中在他身上，紳士面紅耳赤小聲的說：

「我只是問時間而已呀！」

女人放大音量說：

「請客氣點好不好？不然我要叫警察了。」

紳士忍無可忍的移到桌角去，恨不得地下有個洞鑽下去，以躲避衆人的目光。

第八章　成熟？還是……

2143、2144、2145、2146……還沒，還沒……

「剛才真抱歉，其實我是心理系的學生，現在正在寫『男性在衝擊狀況下的反應』的論文。」女人走到紳士前說。

凝視女人良久的紳士，忽然對她大聲喊說：

「妳說什麼？只要二美元妳就要和我玩嗎？」

△使用前後

帶著女友的男人經過商店前時表示，不論是毛外套、帽子、鞋子……任何她想要的，都會買給她。

在飯店做完愛後，男人的態度完全改變了，女人責備他，他卻泰然的說：

「那玩意與心腸是相反的。」

「那玩意硬，心腸則軟，那玩意軟，心腸則硬。」

△凱撒沙拉

世故的公司職員對友人說：

「最近，我認識了一位純真的女孩，我問她凱撒沙拉和性交有何不同，她表示完全不懂。」

「跟她說明不就行了嗎？」

「不，我才不會說明呢！我每天和她在房間裏一同享受凱撒沙拉。」

△夢遊症

男人對友人說，昨晚夢遊的女傭突然到他房裡來。

「後來呢？」

「能做什麽！因為我很愛我的妻子，所以我叫女傭向後轉，然後帶她回到她床上。如果是你，你會如何做呢？」

「和你一樣啊！你這個撒謊的傢伙。」

第九章

丈夫的技巧、妻子的機智

△想像力

詹森博士對博斯威爾所說的名言：

「你想想看，如果人沒有想像力，男人即使抱著妻子，也會像抱公爵夫人一樣的幸福啊！」

△贈　禮

有人問一個懷抱很多禮物的男人說：

「這是聖誕禮物嗎？」

「可以這麼說。」

「好像是大家族！」

「不，只有妻子一人。」

「全部都要給她？了不起……。看來，太太給你的禮物可能更豐富。」

「不，大概和去年的聖誕節一樣，只送我一雙室內拖鞋，然後在床上讓我稍微擁抱一下而已，只是尺寸都大一號。」

△存　錢

有一名礦工雖然被免職，不但沒使家人挨餓受凍，反而過著富裕悠閒的生活。不知不覺中，妻子已成為一個擁有四棟樓房的富婆了，因為每一次夫妻行房時，一定要存一角美金。

「真讓我嚇了一跳，妳是何等偉大的妻子啊！」

「當然，可是還稱不上是為一個偉大的丈夫，因為如果你衷心愛我的話，十字路口的酒店也會是我們的啊！」

△二十年

紳士在酒吧中感慨的說：

「哎！二十年來我和我太太都非常幸福，然而……」

「怎麼了？」調酒師問。

「沒想到我們又重逢了。」

△假　髮

妻子戴上剛買的假髮到先生辦公室，想給他一個驚喜。

「如何?像我這樣的女人，能列入你的女友中嗎？」

她以性感的音調說。

「妳最好打消這個念頭，因為妳和我太太實在太像了。」

△唯一的姿勢

男人對醫生說，和太太做愛的姿勢是匐伏在床上由背後交合。醫生問男人理由，男人回答：

「除此之外，難道還有兩人都能一起看電視的姿勢嗎？」

△再奮起

新婚不久，為丈夫逐漸性衰弱而擔心的年輕妻子，終於說服丈夫接受專家的指導，從此丈夫又恢復了從前的勇猛，但丈夫總是在行房時中途下床出去，有一天好奇的妻子跟蹤丈夫。從浴室門縫中看到丈夫站在鏡前，不停的自言自語：「那個女人，不是太太，那個女人，不是太太……」

△手　拍

夫妻吵嘴，妻子拒絕丈夫親近，因此丈夫坐在床上開始看書，妻子也逐漸進入夢鄉。

忽然，妻子感覺丈夫的手指插入自己的下體，於是深情期待的轉頭注視丈夫。「啊！不要生氣。」丈夫解釋：「為了方便翻書，所以稍微把手指濕潤而已。」

△展示會

中年夫婦到家畜展示會參觀，比丈夫高壯的妻子問牛的主人，普通公牛一週要交配幾次。

「大約四、五次。」

於是，妻子用輕蔑的口氣對丈夫說：「聽到沒？普通的每週也有四、五次。」

牛主人覺得她對丈夫的侮辱，自己也有連帶責任，所以馬上補充說：

「不過，同樣的母牛不能重複使用。」

△冷感症

男人一面喝著加冰的葡萄酒，一面問友人：

「你有沒有看過有洞的冰塊？」

「我和這種東西已經生活了兩年。」

△悲傷過度……

一個義大利人喪妻，非常哀痛，哭聲響徹整棟樓，可是喪妻的次日，就把女傭帶入自己房間，他哥哥看到後忿怒的說：

「你在做什麼？妻子死去還不到二十四小時啊！」

「哥哥，我非常悲傷，悲傷的連自己在做什麼都不知道。」

△教　會

瓊斯被推選為男人俱樂部晚會主持人。

「為我們所熱愛的女人下體乾杯！」

說完後，贏得大家熱烈的掌聲。回家後，欲向妻報告經過，但認為照實說恐有不妥，所以就改說：「為我們所熱愛的那個小小教會乾杯！」

知道實情後的瓊絲太太，認為丈夫的偽善行為不可原諒。所以利用社區舞會的機會，這樣說：

「各位，還記得我先生主持晚會乾杯時所說的話嗎？對，上一次的晚會。我想可能得到男士們的讚賞，但是老實說，我家主人八年來從未進入裡面，而且任務尚未完成，他就已先進入夢鄉了。」

△工　具

。

潔西向法院提出離婚，理由是丈夫的陰莖軟弱無力，庭長命令她丈夫脫下褲子

「太太，我從沒看過如此粗壯的陰莖，像支椿子。」

「但是，庭長。」潔西提出異議：「請看看他瘦弱的屁股，連根小木椿都打不進去。」

△高潮時

矮小瘦弱的黑人與高大的女黑人向法院提出離婚，法官問其原因，是否婚姻生活不順利？還是兩人中有一方拒絕相好。

「不，不，這傢伙很喜歡做這種事，我也是。只是達到高潮時有點問題。」女黑人如此解說。

「達到高潮時，發生了什麼事？」

「是這樣的，我們做愛時，我都把腳掛在她的襪釦上，我先達到高潮，然後她才達到高潮。問題就出在她達到高潮時，總是把腳用力伸直，使得我的鼻子也跑進

她的下體。」

△變　黑

一個男人提出離婚訴訟，理由是：結婚時太太的陰毛是金色，後來變成黑色，顯然是詐欺，決定離婚。

他太太一語不發，忽然把棒球丟向丈夫的一隻眼，然後對法官說：

「請看！法官先生，他眼睛被球擊中，馬上就變黑，然而我丈夫在這一年中連續多次以他下體的兩顆小球撞擊我的屁股，現在稍微變黑就表示不滿。」

△換　妻

查貝克夫婦與巴巴特陸斯夫婦年齡相近，體型、與趣都很相似，所以非常投機。

有一年夏天，兩對夫婦相約到香布蓮湖避暑勝地度長假。每天在平靜的湖面上垂釣、划船；聽泉水聲、鳥啼聲……，盡情享受大自然，但不久後，他們逐漸對這種生活感到厭倦。

有一天，查貝克向巴巴特陸斯提議：「每天都和同樣的對象過夜，真沒意思。」

巴巴特陸斯附和說：「那麼，今晚交換對象如何？」

第二天早晨，快樂一夜的查先生對仍陶醉在床上的巴先生說：「到隔壁房間看看，如何？」

△適材適所

茱娣：「你的陰莖只有火鉗子粗細而已。」

尼克：「要搗冰桶內的冰塊，為什麼要用火鉗？」

第十章
從此長了角……

△氣　質

丈夫回家正好看到妻子與別的男人相擁時，會有什麽反應？由於丈夫氣質不同，而出現各種形態——

做愛若未完成，則對姦夫說：「不要慌忙的拔起。」——有禮貌的丈夫。

姦夫拔起陰莖時，立刻遞香皂、毛巾給他——親切的丈夫。

嘻皮笑臉且用毛筆輕拂姦夫的屁股——變態的丈夫。

待姦夫完事後，立刻和妻子做愛——脾氣好的丈夫。

等待妻子正式介紹——有規矩的丈夫。

默默看著姦夫巧妙的性交動作——公平的丈夫。

嘲笑姦夫的睪丸太小——自傲的丈夫。

心想姦夫的陰莖，比自己的大——謙虛的丈夫。

拉下姦夫的襯衫，遮蔽他的光屁股——高尚的丈夫。

詢問姦夫有無使用保險套，如果沒有，請他在體外射精——是子女太多而小心翼翼的丈夫。

雖然姦夫用了保險套，仍非常煩惱——嫉妒的丈夫。

以防萬一，事後要妻子徹底洗淨——疑神疑鬼的丈夫。

開始撫摸自己的下體——容易興奮的丈夫。

紅著臉離開——怕羞的丈夫。

提出帳單——貪婪的丈夫。

確認姦夫有沒有使用保險套——吝嗇的丈夫。

完事後，立刻對妻子的下體親吻——快樂主義的丈夫。

反省是否給妻子的愛不足——有良心的丈夫。

驚嘆也有男人，會對妻子這樣的女人出手——諷刺的丈夫。

一言不發的把自己的陰莖，插入姦夫的屁股中——行動敏捷的丈夫。

△調查統計

有一家問卷調查公司，調查有關外遇的情形。問卷員訪問S家時，對來開門的

S先生說：

「依您看，K市中妻子有外遇的男人，大概有多少？當然，您不必算在內。」

「什麼？」男人紅著臉，憤慨的說。

「對不起！我絕無惡意，我修正剛才的話『依您看，K市中妻子有外遇的男人，有多少？當然，您也要算在內。』」

△內褲遺失了

女人打電話到婦科醫院，問接電話的護士：

「我掉了一件內褲，有沒有放在更衣室裡？」

護士找過後，回答女人說：

「我找過了，但是沒有找著……」

「哎呀！是嗎？沒關係，那一定是掉在齒科醫生那裡。」

△喉　嚨

有位男人感冒喉嚨沙啞，上醫院看病。敲門時，年輕美麗的醫生太太出來開門。

男人輕聲問：「醫生在家嗎？」

性感的醫生太太也輕聲回答：「不在家！請進來。」

△證　據

剛回到家的丈夫質問妻子：

「姘夫是誰？趁我在外面辛勤工作，到家裡的男人是誰？」

妻子否認一切。

「別再裝傻了，到底是誰？家裡就只有我一個男人，但是為什麼廁所的布簾會突起呢？」

△混　蛋

喬依在客廳看報，妻子克拉忽然進來，打了喬依一個耳光。

「幹什麼？」喬依怒吼。

「因為你的做愛方法不好！」克拉這樣回答。

不久後，克拉在看電視時，喬依突然用力打克拉的嘴。

「幹什麼？」克拉驚嚇的問。

「我的方法不好，妳怎麼知道！」

△鬍　鬚

絡腮鬍的強森，想給妻子一個驚喜，於是把鬍鬚剃光才回家，然後悄悄的溜上床，床上的妻子溫柔的撫摸他的臉說：「你還在嗎？哈尼！」

△原來如此

喜歡惡作劇的丈夫，想在聖誕夜捉弄妻子，於是扮成聖誕老人的模樣，按自家的門鈴。

妻子非常親切的出來接待，並緊抱他頸項不停地親吻，二人直入臥室。這種奇妙的扮像，使他們興奮的沈溺在這甜蜜的遊戲中。

丈夫終於把嘴上的假鬍拔掉。

「啊！怎麼會是你。」妻子驚訝的說。

△溫度計

喬治提早下班回家，意外的看到妻子與醫師睡在床上。

「喂、喂，你在幹什麼？」

「我，我在測量夫人的體溫……」

「是嗎？那麼，如果插入我太太下體的那個東西沒有刻度的話，休怪我不客氣。」

△突然回家⑴

突然回家的男人，看到妻子裸睡在凌亂的床上，並且看到一支點燃的雪茄在煙灰缸上，而心生懷疑。

「這支雪茄那裡來的？」

此時，衣櫥的門突然打開，走出一位赤裸的彪形大漢，說：「哈瓦那！」

△突然回家(2)

丈夫突然提早回家，看到妻子赤裸的躺在床上喘息，他疑心的打開衣櫥門，看到一個赤裸的男人拿著傘站在裡面，男人對他說：「不知道你相不相信？我正在等公車。」

△如果不付錢(1)

送牛奶的男人與女主人在房間裡正準備做愛時，不巧她的丈夫突然回來。男人機智的握住自己的陰莖說：「太太，妳聽到了嗎？如果妳再不付錢，我就要對著妳的陰道小便。」

△如果不付錢(2)

喂，看！招牌長毛了！

提早回家的丈夫，看到妻子躺在床上，陌生的男人正要脫長褲，男人一看到他，馬上說：

「如果妳不付瓦斯費，我就要在這裡大便。」

△排　隊

警衛比平時提早結束勤務，回到家看到有很多男人在自己家門口排隊，他從窗口看到妻子正與陌生男子做愛。於是非常忿怒的想衝進去時，被一個彪形大漢抓住脖子：

「到後面排隊！你這年輕氣盛的傢伙，你難道沒看到大家都在排隊嗎？」

△四十二街

到紐約出差的湯姆，想要找女人。於是朋友告訴他，坐地下鐵到四十二街，與最先對你微笑的女人交涉即可。

由於地下鐵路線錯綜複雜，他迷迷糊糊的在七十二街下了火車。走到一家糖果店時，有一個女人對他微笑，交涉後，就和那個女人到公寓裡。

二人正要達到高潮時，忽然門外傳來腳步聲。

「快！」女人小聲的說：「我丈夫回來了！你假裝是來修理時鐘的，記住哦！」

湯姆坐在椅子上撥弄時鐘，丈夫走進來問：「他是誰？」

「來修理時鐘啊，親愛的！」女人回答。

湯姆轉頭一看，臉上立刻現出靦腆的表情。

「你這個大傻瓜！」丈夫說：「我是說四十二街啊！」

△不可迷信

在邁阿密的一家飯店房間內正與愛人做愛的女人，聽到敲門聲，突然跳起來大叫：「是我丈夫啊！快，你快打開窗戶跳下去。」

「跳下去？這裡是十三樓啊？」愛人驚駭的說。

「你說什麼！現在不是迷信的時候。」

△愛的儲金

男人做完愛後，必將五十分美金交給妻子，要她投入儲蓄桶中。有一天，男人打開儲蓄桶，看到有很多五元美金與十元美金紙鈔。

詢問妻子紙鈔的來由，妻子回答：

「你以為任何人都和你一樣的吝嗇嗎？」

△報　復

有個男人中午下班返家，自半掩的房門看到妻子正與年輕的管理員糾纏在一起。

他怒氣沖沖的衝下樓，向管理員的太太說：「你先生和我太太在床上。」

「什麽？太不像話了，好，我要報復。」

於是兩人相偕進入臥室，展開激烈的做愛。

不久，男人起床點火抽煙，管理員的太太遞給他一杯咖啡，並且說：「好，我們再報復一次吧！」

兩人又回到床上。再度休息後，管理員的太太說：「我們再報復吧！」

第三度休息後，管理員的太太又說：「再報復一次吧！」男人搖搖晃晃站起來說：

「坦……坦白說，我已……已經，不再對他們的事存有怨恨了。」

△誤　會

十年未見面的兩個男人，有天快樂的敍舊，關切的向B問及夫人的情形。

「啊?!你不知道嗎？」B悲傷的說：「特麗絲已死了。」

「真的？我真感到悲傷。」C說後，忽然擔心B誤會，於是慌忙的修正：「不，我替你感到高興。」

這時，B面露哀痛、不解的表情，C見狀，立刻接著說：「不，不，我打心裡覺得驚訝！」

△牆壁的厚度

雪茄時常遺失，主人認為是管家所偷的，對著隔壁房間大聲怒吼：「喬治，是不是有人偷了我的雪茄？」

沒有回音。主人再度提高聲音喊叫，但乃沒回音，於是他走進鄰房，對管家說：「喬治，你沒聽到我說的話嗎？」

「什麼都沒聽到！主人，一定是牆壁有問題。」

「是嗎？那麼你到隔壁說話試試，我要確認是否真的聽不到。」

管家到隔壁，用盡全力大聲喊：

「哪個不知羞恥的畜牲，偷了我的老婆？」

喊完後，管家回到鄰房，說：「聽到了嗎？主人。」

「和你說的一樣，喬治！」主人紅著臉說：「什麼也沒聽到，要不要抽支雪茄？」

△還以為是……

傭人湯姆走入主臥房，見浴室門半掩著，於是大聲說：「喂！今晚要出去嗎？」

男主人探頭出來喝斥道：

「你瘋啦！湯姆！你這是什麼語氣？」

「對不起，主人，我以為是太太呢！」

△不誠實

梅恩向密契爾發牢騷。

「我太太是個大騙子！」

「到底怎麼回事？」密契爾問。

她告訴我，她昨晚和蜜莉在一起，簡直是睜眼說瞎話。

「為什麼？」

「為什麼？蜜莉整個晚上都和我在一起啊！」

△假正經的臉

丈夫：「目前為止，我都沒有外遇，妳能說同樣的話嗎？」

妻子：「可以啊！但面對那種假正經的臉，一個字也說不出來。」

△帽　子

自山莊的晚餐會回家的男人，對妻子說：

「真有趣！山莊主人對出席賓客說：『自結婚以來從沒越軌行為的男人，請起立，將贈送一頂帽子。』但是除了我之外，沒有人站起來。」

聽完後，妻子笑著問：「真的很有趣！那麼領到的新帽子那裡去了？」

△前　輩

新進職員前往拜訪前輩，並和他談論避孕的方法。

「最好的避孕方法就是用保險套，簡便又確實。」

「我……我還沒見過保險套！」新進職員彆扭的說。

「什麼？你這個呆頭鵝，如果你不能滿足妻子的需求，她就會有外遇啊！正好今天內人回娘家，我拿給你看，並教你使用的方法。」

前輩打開床頭櫃的抽屜，但是裡面空無一物，他輕呼：

「哎呀！她全部都帶出去了。」

△戒　指

一個男人夢到自惡魔那兒得到一枚戒指，惡魔說，如果戴上那枚戒指，妻子就不會去找其他的男人。他醒來後，才知道他的手指原來是插進妻子的下體。

△解除婚約

佛克蘭與莉絲解除婚約，朋友們都覺得很意外，於是問佛克蘭原因，他回答：

「濫交男友、說謊、任性、懶惰，且常說諷刺的話，這種人你要和她結婚嗎？」

「當然不要啊！」朋友同情的說。

「那就對了！」佛克蘭得意的說：「莉絲也這麼認為。」

第十一章 各行各業

△服務周到

藥局女店員，用手測量來買保險套客人的尺寸，然後對助手說：

「三號，瑪莉！不對，四號！哎呀！又變大了，七號！不是、不是，八號……。瑪莉，請把衛生紙拿來。」

△晝與夜

值日的護士，對值夜的護士說：

「妳知道二〇一病房的病人嗎？他的陰莖上有茱特像的刺青。」

「那不是茱特，是茱麗特啊！」

△女服務員

男人在餐廳內只點了火腿荷包蛋，但女服務員站在旁邊寫個不停。

「我要的是火腿荷包蛋。」男人再次提醒女服務員。

「請稍等！」她說完，又繼續寫個不停。
最後終於寫完了，然後撕下帳單放在桌上，走進廚房。
男人好奇的拿起帳單，上面記著：
「先生，本店是個高雅的餐廳，當您坐下時，我就已發現社會的窗口正開著，裡面的東西露著臉，您要的東西，我會為您準備，但請您好好整理一下，拜託！拜託！　貝蒂啟附記：吃飽後，我在後門等你。」

△校長與女教師

仍是處女的中年女教師，有天晚上接受了校長的邀請。完事後，她站在窗邊，開始嗚咽的說：
「這種事重複發生，明天怎有臉站在純真的學生面前？我已經沒有資格了。」
「什麼？重複？」校長驚訝的問：「妳不是第一次嗎？」
女教師嘆息的說：
「對啊！校長，你不是還要做好幾次嗎？」

△麵包店

麵包店老闆看到學徒用自己的假牙，削模子上凸出的蛋糕。

「停！停！」老闆喝斥他。

「你的工具呢？不是像假牙這樣奇怪的東西，而是完整的工具。呆瓜！」

這時候，學徒立刻回答：

「那個，做甜甜圈時才用啊！」

△曼哈坦大道

夢想當明星的二個年輕女郎在曼哈坦相遇。

「妳現在做什麽行業？」其中一個問。

「我找到一個很好的工作！」對方回答。「中午上班，和老闆吃完午餐後，兩人駕車去郊遊，黃昏時則一起到餐廳吃晚餐。那妳呢？」

「啊！我也在做應召女郎耶！」

△有由來的職業

過氣的莎士比亞劇演員，向娼婦要求，免費享樂一晚，但娼婦嚴峻的拒絕，且惡言諷刺他。

「高貴的夫人！」他和顏悅色的說：「我們都是獻身在歷史開始即有的偉大職業的人，如今，也同為被外行人威脅尊貴的職業的人，難道我們不該同病相憐嗎！」

△痕　跡

三名舞女正在脫衣服，A小姐的腹部有個y形的痕跡，她說：「我的愛人是耶魯大學的學生。」

B小姐的腹部是H形的痕跡，她說：「我男友是哈佛大學的。」

C小姐的腹部則出現F形痕跡。

舞台導演則問：「妳的他大概是麻省理工學院的吧？」

C小姐回答：「不，他是消防隊員。」

△經紀人

經紀人湯姆早已垂涎女星瑪莉的美貌，後來偶然知道瑪莉曾以一百美金出賣肉體，以為夢想將可實現了，於是迫不及待的對瑪莉表白他對她的愛慕之意。終於瑪莉答應和他共度一晚，但是也須付一百美元，湯姆考慮後說：

「能不能優待百分之十呢？」

「不行！」瑪莉說：「如果要我與你共度一夜，就要和別人一樣付一百美元。」

湯姆不太情願的答應了，晚上，在夜總會表演後，瑪莉來到湯姆的公寓，他迫不及待的關燈和瑪莉做愛，凌晨時，瑪莉醒來，二人再度的猛烈做愛，休息片刻後，兩人第三度交合，瑪莉驚訝湯姆的精力如此旺盛，於是說：

「很強耶！」瑪莉在他耳邊輕輕的說：「從前都不知道，你這個精力充沛的男人竟是我的經紀人。」

「我不是妳的經紀人。」一個陌生的聲音回答：「那傢伙在門口收票啊！」

△歌劇演員

教女人唱歌的歌劇演員，時常向朋友吹牛說：

「我的原則是早晨不做愛，為什麼呢?第一是聲音不好，第二是健康不好，最重要的是，說不定中午會遇到更好的女人。」

△豎　笛

管弦樂團正演奏著阿奇力斯的官能性美妙動人的旋律，同性戀的豎笛演奏者多次失誤，下台後向指揮辯解說：「對不起，被旋律所感動，不知不覺中忘了吹，卻猛吸。」

△拉小提琴

流浪漢對一個肯塔基州的山地人說：

「我能使你的妻子生出一個拉小提琴的孩子，將來孩子可以到電台表演，這樣你的家就可改善生活了。」

流浪漢說服成功。山地人在門外仔細聆聽傳出的聲響，這時流浪漢放了一個很大聲的屁，山地人衝進房間大叫說：

「我要的是小提琴演奏者，而不是喇叭手。」

△題　名

自非洲冒險回來的年輕作家，想把一本『我與黑猩猩性交』的手記賣給出版社。

「你寫的很好，但是書名稍微……」編輯說。

「太露骨？」作家問。

「不，不是這個意思，簡單的說，近來大多傾向於自我啟發式，缺乏這種語感就不易銷售出去。」

「我明白了，這樣好了——『我如何與黑猩猩性交』。」

「嗯，不錯！可是欠缺政治性。」

「那麼，改為『我如何為FBI與黑猩猩性交』。」

「非常好！若有點宗教意味就更好了。」

「有道理，改成『我如何為FBI在神的名下與黑猩猩性交』。」

「不必我多說，和你這樣肯合作的年輕人一同工作，一定非常愉快。很多作家自視甚高，不准別人更動他的底稿，常弄的不歡而散。所以只要你願意，酬勞一定沒問題，再加一點點同性戀的味道。如何？」

「你所說的，我完全了解。」年輕作家會意的說。

「但是，我這次是最後一次更動『我如何為FBI在神的名下與雄黑猩猩性交』。」

△女體模特兒

船長買了一個與實物等長的橡膠製女體模特兒，藏在船艙隱蔽的地方，以便自己享樂。有一天，突然海上波濤洶湧、狂風大作，船長慌忙的把吹脹的女體模特兒放在睡舖上，跑上甲板。一等航海師趁機進入船長房間裡，靠港後，船長再度拜訪模特兒專賣店。

「如何？與真人沒兩樣吧！」

「真的，」船長答：「完全和真的人一樣，所以被傳染了淋病。」

△無人島

船隻沉沒，一名粗壯的船員與六名女人被沖到一座無人島上，他每天享受女人們無微不至的服侍，但不久後，他漸漸感到不勝負荷了。有天，他發現一名男人乘著竹筏，在海上拚命向他揮手，他立刻跳下海，歡迎這位新來的伙伴，心想：『滿足女人的精力就可減輕了』，他愉悅的奮力向前游，靠近竹筏後，那男人一面撫弄頭髮，一面嬌羞的說：

「真高興你來救我。」

「媽啊！」船員痛苦的說：「現在連星期日都泡湯了。」

△比賽記錄板

有個推銷員和一對夫婦睡在一張床上。每當推銷員和女的性交時，就拔一根男的屁股上的毛，以便確認他是否睡著了。進行第五次時，男的不耐的大喊：

「喂！你與我太太做那種事不要緊，但請不要把我的屁股當作比賽記錄板。」

△警　鈴

消防隊員對妻子說：

「今天起，家裡也和消防隊一樣，用警鈴做訊號：響一聲時，表示開門，給我一個吻，二聲，妳要進房間來，三聲，兩人脫衣服，四聲準備就緒，然後開始。」

一切都非常順利地進行，突然妻子按了五聲警鈴。

「喂！現在是什麼訊號啊？」消防隊員問。

「給你的訊號啊！」妻子答：「請把水管伸長點……，還沒觸到火焰啊！」

△矮小的木匠

產科醫師同一天內接生四次，每個婦人都說，孩子的父親是派克。

有一天，醫生在街上巧遇派克，原來他是個矮小的木匠。醫生好奇的問：

「城北的婦人、城南的婦人、城東的以及城西的婦人，都說你是孩子的父親。你到底是如何做到的啊！」

「很簡單，因為我有腳踏車啊！」

△葬儀社

湯姆在葬儀社裡工作，有一天在清洗屍體時，他發現有具屍體陰莖很大，湯姆於是對同伴說：

「看！和我的一樣耶！」

這時，同伴問：

「死的東西嗎？」

△毛　巾

出差旅行的推銷員，聽到隔壁房間的男人說：

「服務生，這一美元給你，請給我二條毛巾，OK？」

這句話反覆說了五、六次後，推銷員忽然大聲喊叫：

「喂！服務生，這五角美元給你，請給我一條毛巾。」

△抗議的處理

在火車站候車室裡，老婦人坐在抱著兩個嬰兒的男人旁，想和他閒談，但是不論老婦人說什麼，男人只回答：「不知道！」。老婦人終於耐不住的說：

「難道連自己小孩的名字、性別都不知道嗎？怪人！」

「我不是這些孩子的父親啊！太太。」男人終於回答了。「我是個保險套推銷員，正要將二件消費者的抗議帶回公司啊！」

△經　費

推銷員很老實的在公司請款單上寫著：「女人、二角美元，保險套、二分美元。」

有人建議改寫成：「散彈射擊二角美元。」以免女會計師受到衝擊。

推銷員以這種方式寫了幾回後，在最近的一張請款單上寫著：「槍的修理費，二十角美元。」

△推銷員

到處推銷的推銷員，因車子故障而借宿在寡婦家裡。

就寢前，妖艷的寡婦用誘惑的音調說：

「我們房間相鄰的門，晚上沒有上鎖。」

推銷員連忙回答說：

「請放心！我會將椅子疊在門口的。」

△雖然已做了……

住在羅馬一間小旅店的推銷員，打電話到櫃檯，表示晚上要妓女陪宿。老闆娘聽到後，非常忿怒的要丈夫將他趕走，但丈夫卻表現的恐懼畏縮，於是她不耐煩的一步併二步的衝上推銷員的房間。不久，一陣陣男女叫罵聲、家具砸碎聲傳到樓下，然後聲響嘎然中止。

過了許久，滿佈傷痕、衣服破碎的推銷員跌跌撞撞的跑下樓來，對老闆說：

「雖然做是做了，但是你送的是一個可怕的老太婆……」

△本　心

女推銷員貝蒂晚上寄宿農家，和體格健壯的男孩睡在同一張床上，躺在床上的貝蒂說：

「喂！我覺得床的那端比較好，我們只要互調一下位置即可。」

少年起身下床，跑到床的另一端。貝蒂連續要求了二、三次，少年就這樣跑來跑去。

「喂！等等。」貝蒂終於不耐的說：「你難道不了解我的意思嗎？」

「知道啊！」少年回答。「實際上，妳是想霸佔整張床，但是，我不會讓你如願的。」

△士　兵

士兵對每天相同的工作覺得厭煩，為了逃避工作，向長官謊稱眼睛突然看不到東西，士兵被帶到醫師前，醫師將手舉到他眼前，說：「看得見嗎？」

「什麼也沒看到。」士兵回答。

於是，醫師叫護士解開上衣的扣子，露出豐滿的胸部，醫師又問：「看得見嗎？」

「什麼也沒有！醫師。」

此時，醫師斥喝士兵說：

「胡扯，依你褲襠的膨脹程度，就知道你有兩、三對很好的眼睛。」

隨即，把士兵趕出醫務室。

△醜

在沙漠中央某軍事基地服役的新兵，向士官長詢問，在沙漠中服役有何樂趣。

強暴這位漂亮小姐的是你嗎？你真是位幸運的傢伙。

士官長詭異地笑笑，然後回答：「不久，你就會知道。」

新兵奇怪的問：

「可是，基地中有一百名以上的男人，女人卻只有一位啊？」

「不久，你會明瞭的，年輕人。」

當天下午，有三百頭駱駝被趕入圍場中，士兵們都顯得很興奮。訊號響後，士兵們爭先恐後的跳入柵欄中，和駱駝性交。士官長正想急忙跳入時，新兵一把拉住他問：

「我完全了解你的意思了，但仍有一個疑問？駱駝有三百頭，士兵只有一百多名，為什麼大家要那麼急迫呢？時間有限嗎？」

「你說什麼？」士官長焦急的說明。「如果慢吞吞的，遇到醜的怎麼行。」

△銀行職員

史密斯是位年輕的銀行股長，他盜領公款十萬美元，全輸在賽馬場中。翌日即是查看帳簿的日子，他焦急的回家，把全部經過都告訴妻子，妻子出乎意料的整理行李出走了。進退兩難的史密斯絕望的爬上橋上欄杆，想一死了之，此時有人叫住他說：

「年輕人，絕不可尋短見。我是個巫婆，有什麼困難，我會幫助你的。」

「我完了！」史密斯悲傷地說：「我侵佔公款十萬美元，連妻子也離棄我了。」

「年輕人，巫婆沒有做不到的事，我會救你的。天靈靈、地靈靈……十萬美元回來了，也把另一個十萬美元存入你的戶頭裡，阿拉斯拉姆……你的妻子已經回到家裡了。」

他不太相信的問：「真的？」

「當然是真的，但是，想要這些變成真，你還要做一件事。」

「不管什麼事，都會去做。」

「好，和我到汽車旅館做愛。」

他猶豫的望著她，對方是個衣衫襤褸、滿佈皺紋的醜老太婆。但是最後還是照她的話做了。

翌晨，史密斯站在鏡前梳理頭髮，巫婆坐在床上默默的注視著他，而開口問：

「你幾歲了？」

「三十二！」

巫婆接著說：「竟然相信巫婆的話，你是不是稍嫌年紀大了點？」

△報　告

英國老貴族娶了一位年輕的女人為妻，但是妻子每天都要到高爾夫球場去，貴族心生懷疑，派僕人跟蹤她。

果然不出所料，妻子與年輕的高爾夫球球僮在森林中做愛。

「你想有多久了？」貴族問。

「自男人屁股被曬黑的程度看，整個夏天是絕對有的。」

△依主人的技巧

敏捷靈俐的綠髮小姑娘，到富翁家應徵女傭。

「清掃的方法，妳會嗎？」女主人問。

「會！太太。」
「會烹調嗎？」
「會！太太。」
「妳愛清潔嗎？妳遵守規矩、誠實勇敢、有禮貌嗎？」
「是，太太。」
「非常好！再問妳一個問題，妳喜歡小孩嗎？」
「嗯……老實說，要看主人做得謹不謹慎，才能決定。」

△遊　行

飯店服務生被控非禮女服務生。原因是，他趁著樓下街道上共和黨遊行時，自後面非禮女服務生。

法官問女服務生：「為什麼不喊叫？」

女服務生答：「我無法忍受別人說我支持共和黨。」

△伊莉莎白

瑪莉回娘家探母病。一週後回家，問小女兒說：

「我可愛的伊莉莎白，媽媽不在時乖不乖啊？」

「嗯……媽媽，打雷的時候，我很害怕，所以爸爸和伊莉莎白一起睡啊！」

這時候，保母插嘴說：

「應該說『爸爸與我』。」

伊莉莎白立刻搖頭答：

「不對啊！爸爸和妳是星期一啊！而我說的是星期三的事啊！」

△借　貸

年輕神父到教室中實習，和神父到教室中實習，和神父一同坐在懺悔室裡，兩名婦人告解說與愛人做愛，被追問後坦承實際上是三次，於是神父要她們祈禱三次，再將十元硬幣投入捐獻箱裡，用來補贖罪惡。

這時候，電話鈴響，有一位教友逝世，需要神父去替男人施聖油，於是他對年輕神父說：

「你留在這裡，聽其餘的告解。今天已是星期六了，如果沒有告解完畢，就不能參加明天的聖餐式，記住，不要忘了收十元。」

告解室中只剩下內心忐忑不安的年輕神父，一位少女進來，懺悔與愛人做愛。

「三次嗎？」年輕神父問。

「只有一次，神父。」少女答。

「真的不是三次嗎？」

「是的，神父，只有一次而已。」

「那麼，妳先祈禱三次好了，然後奉獻十元，這樣教會就欠妳二次了。」

△地獄之門

有一所教堂，神父年輕俊美，每到星期日熱鬧非常，尤其婦女們更是如痴如狂的圍繞著神父。彌撒時，神父說：

「各位女教友，坐在椅子上時，請把雙腿併攏。」

許久，他又以嚴肅的語氣說：

「各位，現在地獄之門已關閉了。」

然後，才開始傳教。

△法　王

一名主教垂涎美麗的農婦，於是企圖說服農夫：

「你只要付一點點費用，就可以使你的妻子懷一個神父，由於他的原故，將來你可以發大財。現在只要把我的陰莖前端，插入你太太的下體就可以了，但是如果插得太深，孩子就會變成法王……」

說服終於成功。農夫躲在隱蔽的地方窺視，在緊要關頭時，農夫突然踢主教的屁股一腳，使主教的陰莖完全沒入農婦下體內，然後快樂的大叫：

「做得好！以同樣的費用，得到了一個法王。」

△聚　會

彌撒結束後，神父說：

「各位，等一會兒要開『初為人母』的聚會，如果想要變成母親的人，請到我房裡來。」

△贖　罪

修道院替犯了通姦罪的梅莉修女，順利舉行贖罪式後，凱撒琳修女忽然回到房裡，整理自己的行李。室友問她發生了什麼事，她焦躁的回答：

「我在這已有一段時間了，舉行的儀式大多是通姦的贖罪式，而我都是擔任主持贖罪的職務，下一次，我要擔任通姦的那一方。」

△天國之鑰

神父對面目姣好的修女說，要給她看「天國之鑰」誘拐她上床。天真的修女回到修道院後，將經過報告院長。

院長激動的說：「那個說謊的惡魔之子，對我說是天使的角笛，而我卻已吹了二十年。」

△大　罪

修女們為了堅定信仰，而聚集一室，並要自白自己所犯最大的罪過。然而大部分的修女都是有關性方面的罪行，最後第二位修女對最後一位修女說：

「對咖啡般的男人，我就像觸了電般，又強又熱……妳呢？」

「我最大的罪是——」年輕、開朗的修女說：「只是多話，並且喜歡聽笑話而已。」

這時，全體修女全困惑、默然不語的注視著她。

△懷　想

三位修女走在市街上。其中一位修女以誇張的語氣說：在加利佛尼亞看到的葡萄柚是如何的大，另一位也以誇大的手勢說，夏威夷所產的香蕉是如何的巨大，這時候，有點耳鳴的第三位修女開口問：

「妳們說的是哪一位神父？」

△修道院

大戰結束後，比利時有間修道院的修女除了一名之外，全部都已懷孕。樞機主教親自前往調查，修女們都說是被德軍強暴所致。

樞機主教問唯一沒有懷孕的矮小修女原委。

「因為我有抵抗啊！」

△蠟　燭

捕鯨船的船員們，將自慰時所流出的精液，集中在放鯨油的水桶內。用水桶內鯨油製成的蠟燭，使得修道院內的修女們全懷了孕。

△摩門教

摩門教有個傳統，就是選擇強健的男人擔任要職。競選的強壯男人，都要在沙土上匍伏前進四次。匍伏後，留下五條痕跡的男人被選中了。

△制　服

麥克警官深夜返家，準備上床睡覺時，妻子說：

「麥克，我頭好痛哦！剛好阿司匹靈吃完了，對不起，請到二十四小時商店幫我買藥，好嗎？」

麥克在黑暗中穿上制服，快速通過寂靜的街道。經過第一個路燈下時，巡邏的警察驚異的喊住他：

「喂！不是麥克警官嗎？你什麼時候變成消防隊員啦？」

△覺　悟

波蘭貴族是以自尊心強、性情頑固而聞名。若在男貴族前說：「小」，就該有決鬥的覺悟。

在女貴族前說：「寬」，就要覺悟有被女人毒打或被女人用手槍殺傷的可能。

有個法國實業家稱讚波蘭貴族夫人的牧場相當寬大，當晚就因心臟痲痺而亡。

第十二章

此時此地……

△如果風吹……

年輕男人要求妓女戶老闆介紹一個患梅毒的女人給他，老闆則答：

「我們這兒沒有患病的，你為什麼要這種女人呢？」

「想把病傳給我家的女傭。」年輕人露出邪惡的笑容說。

「哎呀！怎麼這麼缺德啊！」老闆驚駭的叫道。

「你簡直不是人！女傭跟你究竟有何深仇大恨？……」

「沒什麼！」年輕人說：「我要女傭把病傳染給父親，父親傳給母親，母親再傳給牧師，我的目標就是那禽獸不如的牧師。」

△手

有錢男人到妓女戶，挑選出一個性感、動人的金髮女郎，然後男人對她表示，給她二十美元，但做愛時要把雙手放在腮上。

「可以啊！」女郎爽快的回答。「如果多給我二十美元。叫我做什麼都可以。」

十分鐘後，男人滿意的自床上起身，然後說：「很好！」

「結束了嗎？我可以問了吧！為什麼要我把手放在腮上呢？」女郎疑惑的問。

有錢男人邊數鈔票，邊說：

「沒什麼！只是怕你的手去摸我口袋裡的錢。」

△樂　趣

男人聽說紐約某家賣春旅店，有其他地方所沒有的樂趣，於是想去嚐試看看。

女老闆向他介紹，有一隻經過訓練的紐澤西種母雞會口淫。女老闆又說：「只限於今天，請把握良機。」

雖然他有點不相信，但還是付了錢抱著母雞進入房間裡，他費了一個多小時，想把自己的東西壓入母雞嘴裡，但是全都徒勞無功。男人認為這只是一隻普通的母雞罷了，於是悵悵然的回去了。

回到家後，仔細想想，這也不失為一次新嚐試，自有一番樂趣在其中，翌日，他又再度來到賣春旅店。

「今天有沒有什麼新樂趣啊？」

「請跟我來。」

女老闆帶男人到了一間灰暗的房間內，幾個男人正透過單面鏡觀看，內有一個裸女正與狗交纏著。

「哇！」男人驚奇的輕呼，並用手肘頻頻碰旁邊的人說：

「這真的很厲害。」

旁邊的男人卻答：

「這沒什麼！你沒有看到昨天的男人與母雞的情形，那才精采哩！」

△即使亞洲第一也……

有一連駐紮伊朗的美軍，每人出一元美金，抽籤抽中的士兵，可以到伊朗早期時就已號稱亞洲第一的妓女戶，與最好的妓女共度良宵。

抽中的是布魯克林出生的猶太人——斯魯特尼克上等兵，他從妓女戶回來後，向大家報告經過情形。

他被帶入沒有窗戶，四面垂掛著金線刺繡的波斯布簾，幾位十二、三歲模樣的美少女，一絲不掛的奉上含催淫劑的食品。

「這些都是在布魯克林所未見過的尤物。」斯魯特尼克加強語氣的說。不久，布魯克林從未見過的美麗女郎，薄翼輕披的緩緩自正面樓梯走下來，溫柔地輕拉斯魯特尼克的手，走上樓上的房間。

「然後呢？」士兵們各個呑著口水，急迫的問。

「那還要問！當然和在布魯克林一樣啊！」

△媚　眼

罹患慢性顏面神經痛，而一眼不停痙攣的牧師，初次訪問某條街，詢問警官說：

「請問到飯店怎麽走？」（一面做慢性的眨眼）

警官卻指了一家色情旅店給他。毫不知情的牧師欲向櫃檯要一間有衛浴設備的套房（一面眨眼，一面要求）。

「喜歡哪種女人？」女老闆問：「白的？或是……？」

「女人？妳在說什麼啊？」驚訝的牧師一面眨眼，一面輕呼著。

女老闆頭即探出櫃檯外，向二樓喊叫：

「湯瑪絲，你的客人啊！」

△二美元

在深夜的街道上，阻街女郎攔了一名步行男子，表示費用只要二美元，為了使男子興奮，就在微弱的路燈下給他看『販賣物』。

「啊！實在棒極了。」男子讚賞的說：「但是，有沒有稍微小一點的，一美元左右的！」

△菜　湯

男人雖被阻街女郎攔下，但他口袋裡只有五角美元，所以買賣沒談成。

於是男人請女郎一起進入暗巷中，付給女郎五角美元，請她在空罐裡小便，然後他忽然取出陰莖放在空罐裡，一面搖晃，一面喊說：

「菜湯就可以了！你這個罪大惡極的孩子，肉價太高了啊！」

△芝加哥

一名男人進入一間芝加哥黑手黨所經營的色情豪華大飯店，穿著性感制服的妙齡女郎接待男人坐在柚木桌旁，詢問他的預算是多少：

「我們這裡的費用是五美元到一仟美元，客人可以先透過錄影帶來挑選小姐。」她親切的說明。

「費用愈高，房間在愈底樓，且房間四面鑲有鏡子，至少有三～四女人為您服務，當然，費用低，樂趣也低，最低價的是鼻子場、煤炭般的中年黑女人。」可愛的女郎誇張的擠眉弄眼的解釋。

男人考慮許久後，開口說：

「有沒有更便宜的？五元美金以下的？」

「有啊！」女郎答。「在七樓陽臺有一次一美元的自助餐式的。」

△時 間

男人要求賣春旅館，費用以時間來計算。

「好吧！一小時算一美元。」老闆答應。

不久後，陪宿女人不滿的對老闆說：

「他是什麼東西！那個混蛋，十五分鐘做愛四次，却只付二十五分美元。」

△香 煙

妓女把用過的生理棉棒放在桌上，男人也把抽了一半的香煙放在桌上。性交結束後，在昏暗中雙方均拿錯了東西，感到有股煙熱的女人咬牙切齒的說：

「你這個畜牲！你怎麼把梅毒傳染給我！」

男人使勁的吐出口水，看到口水中有血，說：

「彼此、彼此！妳這個賤婦，怎麼傳染肺癆給我?!」

△門

年輕男人看到妓女戶的二扇門上，一個寫著「已婚」，另一個寫著「未婚」，於是男人走入未婚之門。

走廊的那端，有「有經驗」、「無經驗」的標示，男人推開「無經驗」的門進去了。

在走廊深處，又有二扇標有「五英吋以上」、「五英吋以下」的門。

他自「五英吋以下」的門進入，就到了外面的街上。

△壁爐的煙囪

陰莖巨大的男人到妓女戶，但所有的女人都不願意和他上床。

「好像燒煤炭壁爐的煙囪。」一個女人說。

男人一點也不羞怯的笑著說：「妳是說太大嗎？」

「不，我是指骯髒方面。」

△滅火器

被阻街女郎攔住的男人，因只有二十五分美元，所以請求女郎，讓他看她的那一部分就可以了。

於是女郎遞了一個打火機給他，把頭伸進裙下藉火光來看的男人說：

「妳的叢林長得棒極了，從沒見過如此茂密的叢林，可以在這好好小便嗎？」

以為被讚賞的女郎得意的回答：「當然！」

「那最好快一點，火已開始燃燒了。」男人鎮定的說。

△學　歷

約翰到酒吧邂逅的娼婦房間，看到牆上掛著大大小小各大學的三角證書、許可證等。

「這全都是妳的嗎！」約翰大感驚訝的問。

「是呀！」女人答。「文學碩士是哥倫比亞大學的，哲學博士是牛津大學的……

」

約翰瞪大眼睛說：「像妳這樣的人，為什麽做這種職業呢？」

「我也不知道！」女人答。「大概我運氣好吧！」

△良　心

士官學校的學員們，各出五十分美元，抽籤抽中的人，可帶著總數一百美元，與街市上最好的妓女共度一夜。

對年輕學生能支付如此高額的費用，妓女深感疑惑。翌日早晨，妓女問明原因後，知道自己竟被學生們如此的思慕，非常的感動，於是決定不收取費用，同時將已收的費用五十分美元還給年輕學生。

△不必如此耀武揚威……

農夫到城市中高級妓女戶去，對價錢要三十美元頗感驚訝：

「這麽貴！在鄉下只要五十分美元，並且舖有毛巾連長靴都不用脫呢，妳們這簡直是敲詐嘛！」

「出去！你這個土包子。」女老闆厲聲指責。

農夫卻挺挺胸，理直氣壯的說：

「太太，這種事連母牛都做得很好，妳不必如此耀武揚威。」

第十三章

如果毛髮顏色變了……

△勝　利

到西部來的年輕牛仔，因找不到女人，於是想實行傳說的方法。

這方法就是到印地安部落，把陰莖放在攔腰砍斷的大圓木上，旁邊放著一美元硬幣，不久後，就會有一名印地安女人出來「處理」。

牛仔照樣做了，但足足等了兩個小時，都未見半個人影出現。這時，一名裹著毛巾的高大印地安勇士走過，觀看牛仔一會兒後，也拿出一美元硬幣放在圓木上，然後慢慢掏出自己的陰莖，最後把二枚硬幣拿走後離開。

△糾察隊

莎士比亞劇團初次到荒蠻的西部某城市中演出，以致小劇場內變得異常擁擠。

表演開始。騎士抱著臨死前的女人說：

「妳的身體怎麼辦？」

台詞還未說完，觀衆席立刻有人喊叫：

「趁未冷時，趕快處理。」

因此，現場變得亂哄哄的。翌日，保安官拿著二支手槍在台下警戒，使得昨天同樣的一幕，安全度過。演員繼續說台詞：

「還有什麼東西，比妳的唇更香甜；比妳的酥胸更柔軟呢？……」

保安官突然跳上舞台，舉著二支槍，大聲喊叫：

「有哪個混蛋敢答的話，就讓他吃子彈。」

△德克薩斯州的男人

德克薩斯州的男人常被人諷刺為粗俗的鄉下佬。一名孤單的德州男人在紐約也被人用同樣的眼光看待。有一天，他在街上看到一名戴牛仔帽著長靴的大男人，突然感到有股親切感，於是緊跟在他後面。

他跟大男人進入公廁裡，大男人使用坐式馬桶，沖水出來後，孤單男人問他：

「你是德州人嗎？」

——大男人點點頭。他接著又問：「你為什麼是坐著上廁所呢？」

「因為罹患了脫腸症，醫生交待，任何重的東西都不可以拿。」

△敏捷的克薩列斯

帶美麗妻子到墨西哥觀光旅行的美國人，聽說有個名叫「比得·克薩列斯」，世上行動最敏捷的花花公子，時常在墨西哥出現，所以感到非常不安。

某天夜裡，有人敲他房間的門，說要借用廁所。不用多說這人就是克薩列斯。美國人一手緊握著毛毯下的手槍，一手緊蓋妻子的下體，當克薩列斯開門進來時，吹進一陣冷風，美國人不由得打了一個大噴嚏，致使手稍微離開妻子一會兒，然後又慌忙的重新蓋上，他大叫：

「喂！克薩列斯你在哪裡？」

「先生……」一個阿諛諂媚的聲音說：「請你將你的手指從我屁股裡拔起，讓我離開，好嗎！」

△三人小組

三個流浪漢想不費半毛錢，橫越美洲大陸。

他們在酒店吃飽喝足後，其中二人相偕進入廁所，而另一人裝作不認識他們，與調酒師打賭：

「那二個人是同性戀者，等會兒一定會做愛的。」

那二人在廁所裡用塗紅漆的小木棒，裝作在口交的姿勢，來騙取賭資。

如此，三人走過一個城市，又一個城市。

一天晚上，他們到了鹽湖城，擔任同性戀女方的男人說：

「要重新刷塗棒子了，昨天剝落的油漆殘留在口中，很不是滋味呢！」

擔任男方的男人說：

「那根棒子，早在一星期前在底特律就遺失了。」

△黑暗中

火車包廂內坐著一位嚴肅的英國紳士，俊美高瘦的美國人，以及帶著一位老小姐的老婦人。

火車進入長長的隧道中。

在黑暗的包廂內發出激烈的親吻聲，緊接著響起一聲清脆的巴掌聲。

陽光重現，四名乘客全假裝沒事的互不搭理。

老婦人心裡想：「不虧是我的女兒，和我年輕時完全一樣。可惡的英國佬，想欺侮純真的女兒。不過他是如何做到的呢？」

老小姐注視著美國人，心想：「不注意我，而與英國男人接吻，可能是個同性戀者，所以像我這樣的女人才賣不出去啊！」

而英國紳士心想：「可惡！親吻小姐的是你這個美國佬，你嚐到甜頭，而吃耳光的卻是我。」

年輕的美國人在肚子暗笑，得意的想：

「爽快極了，真有趣，只在自己手掌上親吻，就能使那個英國佬吃大耳光。」

△英國人

英國紳士上了一列沒有廁所的火車。途中，他為了尿急無處可上而焦急萬分，於是他徵得前座美國人的同意後，用報紙方便，再將報紙丟出窗外。

美國人為了想驅除尿騷味，於是點火抽雪茄。這時，英國紳士嚴肅的對他說：

「先生，你不知道這是禁止抽煙的車廂嗎？」

△洗衣店

藥局向要買保險套的英國男人推薦，一種特別薄，可清洗的新保險套。但二、三天後，英國男人前來抗議：

「確實是很薄，但是洗衣店卻寄來一封措辭強硬的信。」

△誰的東西

一向粗心大意的英國教授，到美國講學。要離開時。發現雨傘遺落在飯店房間內，想回到房間裡時，看到已有一對夫婦住進去了。

正當他要舉手敲門時，裡面傳出一個男人的聲音說：

「這可愛的櫻唇是誰的？」

「當然是你的囉！」女人回答。

「這個可愛的屁股是誰的？」

「你的，是你的啦！」

「喂！兩位！」教授從門上的窗口喊說：「輪到傘時太費時了，那支傘是我的啦！」

△檢閱(1)

希特勒到德國陸軍師團檢閱士兵們有無性病，心腹威廉將軍為了要表現日耳曼民族守紀律的精神，規定動作隨口令而動，士兵們一絲不亂的確守號令。

「一！—取出。二！—剝皮。三！—放尿。四！—皮回位。」

希特勒看過後，非常高興的說：「做得好，這充分顯示出我日耳曼民族的紀律，這一次我來發號施令，二！四！—二！四—二！四！」

△檢閱(2)

拉斯普丁在萬聖節時檢閱哥薩克軍隊。他用腳踏一名哥薩克士兵的腳尖，問他：

「痛嗎？」

「不痛！」

「為什麼不會痛？」

「哥薩克的士兵是不會感覺痛的。」

拉斯普丁剝開旁邊士兵的外套，用手中的琥珀煙嘴燒士兵的胸毛，並問他：

「痛不痛？」

「不痛！」

「為什麼不痛？」

「哥薩克的士兵不知道痛為何物，皇帝萬歲！」

拉斯普丁又將旁邊的士兵長褲拉鍊打開，自內褲裡取出陰莖，用鞭子打並問：

「這樣痛嗎？」

「不痛！」

「為什麼？」

「因為，那是我後面人的啊！」

△如果看到德國男人……

或許他是個好男人，但是把他的睪丸拔掉較好。（俄國諺語）

△毛　虱

納粹全盛時期，戈培爾將軍聽說自己的妻子與多名男人通姦，於是將毛虱放入妻子的陰毛裡。

翌日，參加舞會的全體軍官，均一面跳著華爾滋，一面搔癢。

不久後，他向希特勒訴苦水。

「妻子通姦？」希特勒一面抓鬍子，一面說：「你是怎麼知道的呢？」

△外　交

蘇聯政府想佔美國人便宜而大動腦筋，最後決定向美國訂購一萬打直徑三十公分的保險套。

接獲訂單時，美國人的確感到非常頭痛。

三個月後，俄國人終於接到了訂購品，自美國送來的保險套箱子上，印有「S型」的標示。

△最先想要做的

蘇聯滑雪部隊的二名士兵，長年駐守在寒冷的國界。

「如果你回到家中，最先想要做的是什麼？」一人問。

「這種問題還用回答嗎？」

「那其次想要做的呢？」

「笨蛋！就是把這個雪橇拖起來啊！」

△法國女傭

法國女傭問潘斯夫人，做愛是什麼意思。

「啊！嗯……就是款待的意思啊！」夫人回答。

有一天晚宴時，女傭對男傭說：

「比利，快把這些烤肉拿出去做愛啊！」

△法國人

參加某集會的法國律師，對於會中有人表示，法國大部分的訴訟案件都與性有關，提出強烈反駁：

「就以我正接手的這個案件來說，就與性無關。我的顧客與一名少女戀愛，因少女害怕失去處女膜，而只允許他陰莖的前端插入下體，他遵照約定進行。但是這時，少女的母親忽然闖入，氣憤的用力踹了他屁股一腳，致使他衝破處女膜，射精使少女懷孕，因此我的顧客提出訴訟——認為少女的母親，就是孩子的父親。」

△姿　勢

美國人與法國人正在談論做愛的姿勢，美國人說：「有一百零一種。」法國人則堅決反對，表示只有一百種。因此他們決定要一一對照。法國人說明到第一百種姿勢：男人腳尖吊在吊燈下，再舔弄女人的耳朵……。

「好！」這一次輪到美國人說明。「我方的第一種姿勢是，女的仰睡，男的騎在上面……」

「哇哈哈……！」法國人插嘴說：「這是第一次聽到。」

△匈牙利人

匈牙利軍官在維也納露天演奏會中，邂逅了一名年輕美麗的妓女，二人雙雙來到女人的小公寓中，女人用盡各種姿勢使軍官歡悅。翌日早晨，又用豐盛的早餐款待他。

用餐後，軍官站在鏡前整裝，要離開時，女人不好意思的說：「你是不是忘了什麼？」

「忘記什麼？」軍官環視四周後問。

「你真的不知道嗎？——錢啊！」

「妳說什麼！」軍官用誇張的語氣說。

「堂堂的匈牙利軍官，絕不會接受婦人的錢。」

△相對性的理論

二名猶太流浪漢，在討論愛因斯坦的相對論。

「總之，所有的東西都是相對的，是這樣，也是那樣，看起來完全不同，但又是相同的。你了解嗎？」

「不了解！能不能舉例說明啊？」

「好吧！假定我和你的屁股性交，我的陰莖進入你的屁股，你的屁股包藏我的陰莖，看起來雖然完全不相同，但其實是一樣的事，這樣，你懂了嗎？」

「嗯、嗯。」對方點點頭。「可是，我還有一個疑問，愛因斯坦這個人是靠這個吃飯的嗎？」

△罪

男人向猶太敎神父說：「神父，我犯了罪。我是一名有地位、已婚的商人，住在喬治亞州的亞特蘭大，有一天，自餐廳返家途中，被一個大男人抓進小巷裡，掐住我的頸子說：『舔我的陰莖，你這個下賤的畜牲！若不照做，我就掐死你！』神父，於是我犯罪了。」

神父安慰他說：「猶太敎法典有記載，在攸關生命時，除了向聖經吐口水外，任何事都是被允許的。」

「不是這樣的，神父！」男人繼續說：「我變成喜歡那種行為啊！」

△妙　計

雷斯因沒錢養他的象，於是想出了一個妙計。他貼出廣告：能使象舉起四腳，即賞一萬美元，但要先繳一百美元。人們不分遠近都來嚐試，有的人哄騙牠，有的人用催眠術……用盡各種方式，但都告失敗。

沒有人比他更能模仿達到最高潮的樣子。

有一天，一名開藍色拆蓬車的矮小男人到雷斯家裡。

「若使象舉起四腳，就給我一萬美元？」

「是的！」雷斯答。「但是，要先繳一百美元。」

「矮小男人將一百美元交給雷斯，然後自車後取出一根高爾夫球棍，走到象的前面，再到象的後面，用球棍狠狠的朝牠的睪丸揮去，象大吼一聲，向上跳起。於是矮小的男人賺得了一萬美元。

雷斯因為倒貼了二仟美元，又不得不負起龐大的飼養費，而終日頹喪不已。忽然間，雷斯又想到了一個妙計。他再度貼出告示：若能使象的頭左右搖動，即可獲得一萬美元，但必須先繳一百美元。四面八方的人潮頓時擁塞了平日寂靜的屋子，但不論他們用各種方式，都沒能使大象搖頭。一日，那輛藍色拆蓬車又停在雷斯家門前，矮小男人下車問：

「使象左右搖頭，就可得獎金一萬美元？」

「當然！但是，要先付一百美元。」

矮小男人交出一百美元後，又拿著高爾夫球棍，走到象面前問：「記得我嗎？」

大象點點頭表示認得。

「那種事還要再做一次嗎？」

此時，象急忙將頭左右搖動。

△猶太人

猶太人的婚姻以嚴格聞名。一個猶太男人想娶愛爾蘭女人為妻，兩人相偕到猶太教神父前，神父表示，女方必須要有猶太人血統，兩人才可結為夫妻。

女人聽到後，目光閃耀的說：

「有啊！神父。因為這個人等不及了嘛！」

△味　道

食人族國王問廚師：

「今天準備什麼晚餐給我？」

「國王！是昨天剛抓到的二個英國女人。」

「是別人的妻子嗎？」

「不，好像是……好像是老處女……」

「什麼！我不要了，我絕不吃剩飯剩菜。」

△非洲賭輪

非洲新興國家的外交官，在莫斯科參觀俄式賭輪。即手槍只裝一發子彈，再把槍口對準自己的太陽穴扣下板機，是一種刺激的賭命遊戲。後來俄國外交官訪問非洲新興國家。

「有樣東西，一定要給閣下看看！」非洲大使說。

「我們稱它為非洲式賭輪。」

「又如何呢？」

大使手指圍成圓形而坐的六位非洲美女說：「這六人中，中選的女人會和閣下做愛。」

「這與我國的賭輪有何相似之處。又有什麼危險性可言呢？」

「有啊！」非洲大使謙和的說：「其中有一位是食人族的。」

△那一位妻子

一名阿拉伯國王因有要事，不得不離開他的宮殿。傍晚時他打電話回宮殿。

「喂，喂！我是妳們的丈夫，妳是那一位妻子啊？」

△葡萄柚

愛爾蘭男人初次看到葡萄柚，別人告訴他，這是大象的卵。他信以為真，打算在床上將牠孵化後，賣給馬戲團。

聽到這件事的鄰居女人，半信半疑的將手伸進棉被下，突然欣喜若狂的大叫：

「啊！真的耶！開始孵化了，已經長出鼻子了。」

△銀河系

一支宇宙探險隊訪問銀河系中某一星球，他們參觀宇宙人的生殖結構。即有一架精密的機器，吞下記有孩子特徵、性別的卡帶後，開始旋轉並出現青白色的火花，數秒鐘的時間，宇宙人的嬰兒就自出口出生了。

「能不能讓我們看看，你們地球人製造嬰兒的方法呢？」星球的領袖說。

緊急討論後，一名女隊員——為了宇宙親善——自願擔任這份工作，與探險隊隊長在桌上交合。

「真有趣！」星球的領袖說：「唉！嬰兒呢？」

「啊！剛才忘了說明，我們的嬰兒必須要十個月後才會出生。」

「哦——，那麼，快結束時，猛烈的喘息又是為什麼呢？」

△義大利女人的一生

義大利女人一生只臉紅四次。

第一次、初嚐禁果時。

第二次、新婚初夜時。

第三次、初張艷旗收費時。

第四次呢？

自己付錢，請別人與她做愛時。

△太太的名字是……

二名義大利男人在公園裡閒談。

甲：「結婚前，我都未曾和妻子共睡過。你呢？」

乙：「哦，真的？你太太婚前叫什麼名字？」

第十四章

黃昏之戀

△老　年

老年就是——費了整晚的力氣，才能交合一次。

△日　記

男人二十歲時，在日記上寫者：「今天剛滿二十歲，用盡雙手的力氣也不能使陰莖彎曲。」

三十歲時這麼寫：「今天滿三十歲，用盡雙手的力氣，仍不能使陰莖彎折。」

一直到了五十五歲，日記上都寫著同樣的話。

到了六十歲時，日記則寫者：「今天，彎曲了。」

「我一定是變強了。」

△效　用

二位老紳士在喝茶聊天。

甲：「你還記得，在戰時，軍隊為了不使我們產生性慾望，而在咖啡中摻入藥粉的事嗎？」

乙：「記得啊！你問這做什麼？」

甲：「現在似乎發生效用了。」

△自　傲

在十字路口已賣三十多年報紙的老卡亨，有一天突然失蹤了。三個星期過去，正當鄰里間猜想老卡亨已遭不幸之際，他忽然回來了，並且滿不在乎的照常營業。

「老伯，你到那裡去了？我好擔心哦！」常來買報紙的年輕電話修理工說。

「三個禮拜前，有一位美麗的金髮女郎帶警察到我這兒來，說我是孩子的父親，我就很自傲的——在法庭承認，所以就被關了二十天啊！」

△幻　想

近九十歲的馬岡老伯到藥局去。

「給我那種能降低性慾的藥，十分美元份，好嗎？」
「什麼？老伯。老闆嘲笑的說：「我想，您應該用不著吧？」
「或許吧！但是，由鼻子吸入一點，也許能幻想那種事啊！」

△我很安全

為了七十九歲的爺爺要娶二十三歲的女人為妻，全家上下震驚不已。
「哎！爸爸啊！」長子勸阻說：「和如此年輕的新娘一起……恐怕會短命啊！」
「有什麼關係！」爺爺反駁說：「如果這個新娘死了，再娶一個不就行了。」

△教育成功

年老的紳士娶了一個年輕、純真的新娘，告訴她口交即是正常的性交。過了三個星期後，老紳士想要以正常姿勢做愛時，年輕妻子驚懼不已的喊叫：
「你要做什麼！你這個老變態。」

△老紳士

三位衰老、髮白的紳士坐在公園長椅上閒聊。

「我已是八十六歲的人了。」甲紳士說：「煙、酒不沾、不晚睡、不受罪惡的性誘惑，才有今天的我。」

「我今年九十三歲了，那麼健康的原因是，只吃摻蜂蜜或小麥胚芽的麵包與牛奶。」乙紳士說。

「父親曾對我說，如果要盡情享受人生，就要抽黑雪茄、喝烈酒、每晚和不同的女人狂歡。我一直都是這麼做的。」

「真不可思議！」甲紳士驚訝的說。

乙紳士也露出不太相信的表情。於是兩人向丙紳士問：

「對不起！請問您今年貴庚？」

「已經二十二歲了。」

△老人的煩惱

三名老人在公園裡散步。

七十五歲的老人說：「我的耳朵似乎不行了，別人大聲喊叫，我也聽不清楚。」

七十八歲的老人接著說：「是很不方便！但是，你比我好，我的眼睛已快看不見了，連朋友的面孔都分不清囉！」

九十一的歲的老人則說：「前幾天晚餐後，妻子在房裡睡覺，我溫柔的搖醒妻子，對她說：『過去點，我們好久沒親熱了』，這時，她卻說：『爺爺，十五分鐘前不是才親熱過了嗎？』」

老人輕拍自己的頭說：「我的煩惱，就是記憶力差。」

△再度出現

度金婚的夫婦，想重溫新婚之夜的樂趣，於是住進渡蜜月時住過的飯店。

妻子對坐在床上的丈夫說：「親愛的，你能不能忍耐到我完全脫掉長襪子呢？」

丈夫答：「我能等到妳織完一雙襪子啊！」

△挑　戰

老男人與年輕男人打賭：誰最有男子氣概。

不論在酒量、食量方面，老男人都略勝一籌。

最後，到妓女戶，在展露豐滿的乳房、臀部的女人前，老男人把陰莖綁成結，然後對年輕男人說：「照這樣做做看！」

△砲兵隊士官長

最近晉升為陸軍砲兵隊士官長的麥克老伯，費了九牛二虎之力才能與雜貨店的寡婦約會，並且進一步的要求也成功了。

翌日，鄰居有位整天閒蕩的男孩，向麥克老伯問起昨晚的經過。麥克挺起胸膛回答：

「我盡力打了七發禮砲，當然，是空包彈啊！」

△七十次

老人向友人吹牛說，每晚能做七十次。

其實，他在床上做一次後，然後男女互相口交。

△六十九而死

有一個墓碑上，刻有一首短詩：

波爾六十九而逝。

大家喜愛波爾。

波爾六十九而逝。

嗚呼！這種逝世。

是何等的幸福啊！

△紀念儀式

度金婚的詹森夫婦，住進他們五十年前度初夜的飯店房間。

「親愛的，和當初一樣，好嗎？」妻子興奮的提議。

熄燈後，二人在黑暗中脫去衣服，然後妻子站在窗戶邊，丈夫站在門邊說：

「好了嗎？我要去了。」

「嗯！我也是。」

二人同時起跑，但是兩人已不似五十年前那麼的靈敏。

一不小心，詹森自窗口掉落在外面的草坪上，他一面搓揉疼痛的腰，一面請剛好經過的男服務生拿點衣物來。

「不要緊的，又沒有受傷。」男服務生說。

「你沒看到嗎？我是赤裸著身體啊！縱使年老，也不能這樣走過大廳啊！」詹森不悅的說。

「大廳一個人也沒有，大家都到二樓了！去看一個赤裸的婦人從門上的把手脫身的情形啊！」

大展出版社有限公司
品冠文化出版社

圖書目錄

地址：台北市北投區(石牌)
致遠一路二段 12 巷 1 號
郵撥：01669551<大展>
19346241<品冠>
電話：(02) 28236031
28236033
28233123
傳真：(02) 28272069

·少年偵探·品冠編號 66

1. 怪盜二十面相	(精)	江戶川亂步著	特價	189 元
2. 少年偵探團	(精)	江戶川亂步著	特價	189 元
3. 妖怪博士	(精)	江戶川亂步著	特價	189 元
4. 大金塊	(精)	江戶川亂步著	特價	230 元
5. 青銅魔人	(精)	江戶川亂步著	特價	230 元
6. 地底魔術王	(精)	江戶川亂步著	特價	230 元
7. 透明怪人	(精)	江戶川亂步著	特價	230 元
8. 怪人四十面相	(精)	江戶川亂步著	特價	230 元
9. 宇宙怪人	(精)	江戶川亂步著	特價	230 元
10. 恐怖的鐵塔王國	(精)	江戶川亂步著	特價	230 元
11. 灰色巨人	(精)	江戶川亂步著	特價	230 元
12. 海底魔術師	(精)	江戶川亂步著	特價	230 元
13. 黃金豹	(精)	江戶川亂步著	特價	230 元
14. 魔法博士	(精)	江戶川亂步著	特價	230 元
15. 馬戲怪人	(精)	江戶川亂步著	特價	230 元
16. 魔人銅鑼	(精)	江戶川亂步著	特價	230 元
17. 魔法人偶	(精)	江戶川亂步著	特價	230 元
18. 奇面城的秘密	(精)	江戶川亂步著	特價	230 元
19. 夜光人	(精)	江戶川亂步著	特價	230 元
20. 塔上的魔術師	(精)	江戶川亂步著	特價	230 元
21. 鐵人Q	(精)	江戶川亂步著	特價	230 元
22. 假面恐怖王	(精)	江戶川亂步著	特價	230 元
23. 電人M	(精)	江戶川亂步著	特價	230 元
24. 二十面相的詛咒	(精)	江戶川亂步著	特價	230 元
25. 飛天二十面相	(精)	江戶川亂步著	特價	230 元
26. 黃金怪獸	(精)	江戶川亂步著	特價	230 元

·生活廣場·品冠編號 61

1. 366 天誕生星	李芳黛譯	280 元
2. 366 天誕生花與誕生石	李芳黛譯	280 元
3. 科學命相	淺野八郎著	220 元

4.	已知的他界科學	陳蒼杰譯	220 元
5.	開拓未來的他界科學	陳蒼杰譯	220 元
6.	世紀末變態心理犯罪檔案	沈永嘉譯	240 元
7.	366 天開運年鑑	林廷宇編著	230 元
8.	色彩學與你	野村順一著	230 元
9.	科學手相	淺野八郎著	230 元
10.	你也能成為戀愛高手	柯富陽編著	220 元
11.	血型與十二星座	許淑瑛編著	230 元
12.	動物測驗—人性現形	淺野八郎著	200 元
13.	愛情、幸福完全自測	淺野八郎著	200 元
14.	輕鬆攻佔女性	趙奕世編著	230 元
15.	解讀命運密碼	郭宗德著	200 元
16.	由客家了解亞洲	高木桂藏著	220 元

・女醫師系列・品冠編號 62

1.	子宮內膜症	國府田清子著	200 元
2.	子宮肌瘤	黑島淳子著	200 元
3.	上班女性的壓力症候群	池下育子著	200 元
4.	漏尿、尿失禁	中田真木著	200 元
5.	高齡生產	大鷹美子著	200 元
6.	子宮癌	上坊敏子著	200 元
7.	避孕	早乙女智子著	200 元
8.	不孕症	中村春根著	200 元
9.	生理痛與生理不順	堀口雅子著	200 元
10.	更年期	野末悅子著	200 元

・傳統民俗療法・品冠編號 63

1.	神奇刀療法	潘文雄著	200 元
2.	神奇拍打療法	安在峰著	200 元
3.	神奇拔罐療法	安在峰著	200 元
4.	神奇艾灸療法	安在峰著	200 元
5.	神奇貼敷療法	安在峰著	200 元
6.	神奇薰洗療法	安在峰著	200 元
7.	神奇耳穴療法	安在峰著	200 元
8.	神奇指針療法	安在峰著	200 元
9.	神奇藥酒療法	安在峰著	200 元
10.	神奇藥茶療法	安在峰著	200 元
11.	神奇推拿療法	張貴荷著	200 元
12.	神奇止痛療法	漆 浩 著	200 元

・常見病藥膳調養叢書・品冠編號 631

1. 脂肪肝四季飲食	蕭守貴著	200 元
2. 高血壓四季飲食	秦玖剛著	200 元
3. 慢性腎炎四季飲食	魏從強著	200 元
4. 高脂血症四季飲食	薛輝著	200 元
5. 慢性胃炎四季飲食	馬秉祥著	200 元
6. 糖尿病四季飲食	王耀獻著	200 元
7. 癌症四季飲食	李忠著	200 元

・彩色圖解保健・品冠編號 64

1. 瘦身	主婦之友社	300 元
2. 腰痛	主婦之友社	300 元
3. 肩膀痠痛	主婦之友社	300 元
4. 腰、膝、腳的疼痛	主婦之友社	300 元
5. 壓力、精神疲勞	主婦之友社	300 元
6. 眼睛疲勞、視力減退	主婦之友社	300 元

・心 想 事 成・品冠編號 65

1. 魔法愛情點心	結城莫拉著	120 元
2. 可愛手工飾品	結城莫拉著	120 元
3. 可愛打扮 & 髮型	結城莫拉著	120 元
4. 撲克牌算命	結城莫拉著	120 元

・熱 門 新 知・品冠編號 67

1. 圖解基因與 DNA	(精)	中原英臣 主編	230 元
2. 圖解人體的神奇	(精)	米山公啟 主編	230 元
3. 圖解腦與心的構造	(精)	永田和哉 主編	230 元
4. 圖解科學的神奇	(精)	鳥海光弘 主編	230 元
5. 圖解數學的神奇	(精)	柳 谷 晃 著	250 元
6. 圖解基因操作	(精)	海老原充 主編	230 元
7. 圖解後基因組	(精)	才園哲人 著	230 元

・法律專欄連載・大展編號 58

台大法學院 法律學系/策劃
法律服務社/編著

1. 別讓您的權利睡著了(1)	200 元
2. 別讓您的權利睡著了(2)	200 元

・武 術 特 輯・大展編號 10

1. 陳式太極拳入門	馮志強編著	180 元

2.	武式太極拳	郝少如編著	200元
3.	練功十八法入門	蕭京凌編著	120元
4.	教門長拳	蕭京凌編著	150元
5.	跆拳道	蕭京凌編譯	180元
6.	正傳合氣道	程曉鈴譯	200元
~~7.~~	~~圖解雙節棍~~	~~陳銘遠著~~	~~150元~~
8.	格鬥空手道	鄭旭旭編著	200元
9.	實用跆拳道	陳國榮編著	200元
10.	武術初學指南	李文英、解守德編著	250元
11.	泰國拳	陳國榮著	180元
12.	中國式摔跤	黃　斌編著	180元
13.	太極劍入門	李德印編著	180元
14.	太極拳運動	運動司編	250元
15.	太極拳譜	清・王宗岳等著	280元
16.	散手初學	冷　峰編著	200元
17.	南拳	朱瑞琪編著	180元
18.	吳式太極劍	王培生著	200元
19.	太極拳健身與技擊	王培生著	250元
20.	秘傳武當八卦掌	狄兆龍著	250元
21.	太極拳論譚	沈　壽著	250元
22.	陳式太極拳技擊法	馬　虹著	250元
23.	二十四式/三十二式 太極 拳/劍	闞桂香著	180元
24.	楊式秘傳 129 式太極長拳	張楚全著	280元
25.	楊式太極拳架詳解	林炳堯著	280元
26.	華佗五禽劍	劉時榮著	180元
27.	太極拳基礎講座：基本功與簡化 24 式	李德印著	250元
28.	武式太極拳精華	薛乃印著	200元
29.	陳式太極拳拳理闡微	馬　虹著	350元
30.	陳式太極拳體用全書	馬　虹著	400元
31.	張三豐太極拳	陳占奎著	200元
32.	中國太極推手	張　山主編	300元
33.	48 式太極拳入門	門惠豐編著	220元
34.	太極拳奇人奇功	嚴翰秀編著	250元
35.	心意門秘籍	李新民編著	220元
36.	三才門乾坤戊己功	王培生編著	220元
37.	武式太極劍精華 +VCD	薛乃印編著	350元
38.	楊式太極拳	傅鐘文演述	200元
39.	陳式太極拳、劍 36 式	闞桂香編著	250元
40.	正宗武式太極拳	薛乃印著	220元
41.	杜元化＜太極拳正宗＞考析	王海洲等著	300元
42.	＜珍貴版＞陳式太極拳	沈家楨著	280元
43.	24 式太極拳＋VCD	中國國家體育總局著	350元
44.	太極推手絕技	安在峰編著	250元
45.	孫祿堂武學錄	孫祿堂著	300元

46. <珍貴本>陳式太極拳精選　馮志強著　280 元
47. 武當趙保太極拳小架　鄭悟清傳授　250 元
48. 太極拳習練知識問答　邱丕相主編　220 元
49. 八法拳 八法槍　武世俊著　220 元
50. 地趟拳＋VCD　張憲政著　350 元
51. 四十八式太極拳＋VCD　楊 靜演示　400 元
52. 三十二式太極劍＋VCD　楊 靜演示　350 元
53. 隨曲就伸 中國太極拳名家對話錄　余功保著　300 元
54. 陳式太極拳五動八法十三勢　闞桂香著　200 元

・彩色圖解太極武術・大展編號 102

1. 太極功夫扇　李德印編著　220 元
2. 武當太極劍　李德印編著　220 元
3. 楊式太極劍　李德印編著　220 元
4. 楊式太極刀　王志遠著　220 元
5. 二十四式太極拳（楊式）＋VCD　李德印編著　350 元
6. 三十二式太極劍（楊式）＋VCD　李德印編著　350 元
7. 四十二式太極劍＋VCD　李德印編著
8. 四十二式太極拳＋VCD　李德印編著

・國際武術競賽套路・大展編號 103

1. 長拳　李巧玲執筆　220 元
2. 劍術　程慧琨執筆　220 元
3. 刀術　劉同為執筆　220 元
4. 槍術　張躍寧執筆　220 元
5. 棍術　殷玉柱執筆　220 元

・簡化太極拳・大展編號 104

1. 陳式太極拳十三式　陳正雷編著　200 元
2. 楊式太極拳十三式　楊振鐸編著　200 元
3. 吳式太極拳十三式　李秉慈編著　200 元
4. 武式太極拳十三式　喬松茂編著　200 元
5. 孫式太極拳十三式　孫劍雲編著　200 元
6. 趙堡式太極拳十三式　王海洲編著　200 元

・中國當代太極拳名家名著・大展編號 106

1. 太極拳規範教程　李德印著　550 元
2. 吳式太極拳詮真　王培生著　500 元
3. 武式太極拳詮真　喬松茂著

・名師出高徒・大展編號 111

1.	武術基本功與基本動作	劉玉萍編著	200 元
2.	長拳入門與精進	吳彬等著	220 元
3.	劍術刀術入門與精進	楊柏龍等著	220 元
4.	棍術、槍術入門與精進	邱丕相編著	220 元
5.	南拳入門與精進	朱瑞琪編著	220 元
6.	散手入門與精進	張山等著	220 元
7.	太極拳入門與精進	李德印編著	280 元
8.	太極推手入門與精進	田金龍編著	220 元

・實用武術技擊・大展編號 112

1.	實用自衛拳法	溫佐惠著	250 元
2.	搏擊術精選	陳清山等著	220 元
3.	秘傳防身絕技	程崑彬著	230 元
4.	振藩截拳道入門	陳琦平著	220 元
5.	實用擒拿法	韓建中著	220 元
6.	擒拿反擒拿 88 法	韓建中著	250 元
7.	武當秘門技擊術入門篇	高翔著	250 元
8.	武當秘門技擊術絕技篇	高翔著	250 元

・中國武術規定套路・大展編號 113

1.	螳螂拳	中國武術系列	300 元
2.	劈掛拳	規定套路編寫組	300 元
3.	八極拳	國家體育總局	250 元

・中華傳統武術・大展編號 114

1.	中華古今兵械圖考	裴錫榮主編	280 元
2.	武當劍	陳湘陵編著	200 元
3.	梁派八卦掌（老八掌）	李子鳴遺著	220 元
4.	少林 72 藝與武當 36 功	裴錫榮主編	230 元
5.	三十六把擒拿	佐藤金兵衛主編	200 元
6.	武當太極拳與盤手 20 法	裴錫榮主編	220 元

・少 林 功 夫・大展編號 115

1.	少林打擂秘訣	德虔、素法編著	300 元
2.	少林三大名拳 炮拳、大洪拳、六合拳	門惠豐等著	200 元
3.	少林三絕 氣功、點穴、擒拿	德虔編著	300 元
4.	少林怪兵器秘傳	素法等著	250 元
5.	少林護身暗器秘傳	素法等著	220 元

6. 少林金剛硬氣功 楊維編著 250 元
7. 少林棍法大全 德虔、素法編著 250 元
8. 少林看家拳 德虔、素法編著 250 元
9. 少林正宗七十二藝 德虔、素法編著 280 元
10. 少林瘋魔棍闡宗 馬德著 250 元

・原地太極拳系列・大展編號 11

1. 原地綜合太極拳 24 式 胡啟賢創編 220 元
2. 原地活步太極拳 42 式 胡啟賢創編 200 元
3. 原地簡化太極拳 24 式 胡啟賢創編 200 元
4. 原地太極拳 12 式 胡啟賢創編 200 元
5. 原地青少年太極拳 22 式 胡啟賢創編 220 元

・道學文化・大展編號 12

1. 道在養生：道教長壽術 郝勤等著 250 元
2. 龍虎丹道：道教內丹術 郝勤著 300 元
3. 天上人間：道教神仙譜系 黃德海著 250 元
4. 步罡踏斗：道教祭禮儀典 張澤洪著 250 元
5. 道醫窺秘：道教醫學康復術 王慶餘等著 250 元
6. 勸善成仙：道教生命倫理 李剛著 250 元
7. 洞天福地：道教宮觀勝境 沙銘壽著 250 元
8. 青詞碧簫：道教文學藝術 楊光文等著 250 元
9. 沈博絕麗：道教格言精粹 朱耕發等著 250 元

・易學智慧・大展編號 122

1. 易學與管理 余敦康主編 250 元
2. 易學與養生 劉長林等著 300 元
3. 易學與美學 劉綱紀等著 300 元
4. 易學與科技 董光壁著 280 元
5. 易學與建築 韓增祿著 280 元
6. 易學源流 鄭萬耕著 280 元
7. 易學的思維 傅雲龍等著 250 元
8. 周易與易圖 李申著 250 元
9. 中國佛教與周易 王仲堯著 350 元
10. 易學與儒學 任俊華著 350 元
11. 易學與道教符號揭秘 詹石窗著 350 元

・神算大師・大展編號 123

1. 劉伯溫神算兵法 應涵編著 280 元
2. 姜太公神算兵法 應涵編著 280 元

3. 鬼谷子神算兵法　應涵編著　280元
4. 諸葛亮神算兵法　應涵編著　280元

・秘傳占卜系列・大展編號 14

1. 手相術　淺野八郎著　180元
2. 人相術　淺野八郎著　180元
3. 西洋占星術　淺野八郎著　180元
4. 中國神奇占卜　淺野八郎著　150元
5. 夢判斷　淺野八郎著　150元
6. 前世、來世占卜　淺野八郎著　150元
7. 法國式血型學　淺野八郎著　150元
8. 靈感、符咒學　淺野八郎著　150元
9. 紙牌占卜術　淺野八郎著　150元
10. ESP 超能力占卜　淺野八郎著　150元
11. 猶太數的秘術　淺野八郎著　150元
12. 新心理測驗　淺野八郎著　160元
13. 塔羅牌預言秘法　淺野八郎著　200元

・趣味心理講座・大展編號 15

1. 性格測驗（1）探索男與女　淺野八郎著　140元
2. 性格測驗（2）透視人心奧秘　淺野八郎著　140元
3. 性格測驗（3）發現陌生的自己　淺野八郎著　140元
4. 性格測驗（4）發現你的真面目　淺野八郎著　140元
5. 性格測驗（5）讓你們吃驚　淺野八郎著　140元
6. 性格測驗（6）洞穿心理盲點　淺野八郎著　140元
7. 性格測驗（7）探索對方心理　淺野八郎著　140元
8. 性格測驗（8）由吃認識自己　淺野八郎著　160元
9. 性格測驗（9）戀愛知多少　淺野八郎著　160元
10. 性格測驗（10）由裝扮瞭解人心　淺野八郎著　160元
11. 性格測驗（11）敲開內心玄機　淺野八郎著　140元
12. 性格測驗（12）透視你的未來　淺野八郎著　160元
13. 血型與你的一生　淺野八郎著　160元
14. 趣味推理遊戲　淺野八郎著　160元
15. 行為語言解析　淺野八郎著　160元

・婦幼天地・大展編號 16

1. 八萬人減肥成果　黃靜香譯　180元
2. 三分鐘減肥體操　楊鴻儒譯　150元
3. 窈窕淑女美髮秘訣　柯素娥譯　130元
4. 使妳更迷人　成　玉譯　130元
5. 女性的更年期　官舒妍編譯　160元

6.	胎內育兒法	李玉瓊編譯	150 元
7.	早產兒袋鼠式護理	唐岱蘭譯	200 元
9.	初次育兒 12 個月	婦幼天地編譯組	180 元
10.	斷乳食與幼兒食	婦幼天地編譯組	180 元
11.	培養幼兒能力與性向	婦幼天地編譯組	180 元
12.	培養幼兒創造力的玩具與遊戲	婦幼天地編譯組	180 元
13.	幼兒的症狀與疾病	婦幼天地編譯組	180 元
14.	腿部苗條健美法	婦幼天地編譯組	180 元
15.	女性腰痛別忽視	婦幼天地編譯組	150 元
16.	舒展身心體操術	李玉瓊編譯	130 元
17.	三分鐘臉部體操	趙薇妮著	160 元
18.	生動的笑容表情術	趙薇妮著	160 元
19.	心曠神怡減肥法	川津祐介著	130 元
20.	內衣使妳更美麗	陳玄茹譯	130 元
21.	瑜伽美姿美容	黃靜香編著	180 元
22.	高雅女性裝扮學	陳珮玲譯	180 元
23.	蠶糞肌膚美顏法	梨秀子著	160 元
24.	認識妳的身體	李玉瓊譯	160 元
25.	產後恢復苗條體態	居理安・芙萊喬著	200 元
26.	正確護髮美容法	山崎伊久江著	180 元
27.	安琪拉美姿養生學	安琪拉蘭斯博瑞著	180 元
28.	女體性醫學剖析	增田豐著	220 元
29.	懷孕與生產剖析	岡部綾子著	180 元
30.	斷奶後的健康育兒	東城百合子著	220 元
31.	引出孩子幹勁的責罵藝術	多湖輝著	170 元
32.	培養孩子獨立的藝術	多湖輝著	170 元
33.	子宮肌瘤與卵巢囊腫	陳秀琳編著	180 元
34.	下半身減肥法	納他夏・史達賓著	180 元
35.	女性自然美容法	吳雅菁編著	180 元
36.	再也不發胖	池園悅太郎著	170 元
37.	生男生女控制術	中垣勝裕著	220 元
38.	使妳的肌膚更亮麗	楊　皓編著	170 元
39.	臉部輪廓變美	芝崎義夫著	180 元
40.	斑點、皺紋自己治療	高須克彌著	180 元
41.	面皰自己治療	伊藤雄康著	180 元
42.	隨心所欲瘦身冥想法	原久子著	180 元
43.	胎兒革命	鈴木丈織著	180 元
44.	NS 磁氣平衡法塑造窈窕奇蹟	古屋和江著	180 元
45.	享瘦從腳開始	山田陽子著	180 元
46.	小改變瘦 4 公斤	宮本裕子著	180 元
47.	軟管減肥瘦身	高橋輝男著	180 元
48.	海藻精神秘美容法	劉名揚編著	180 元
49.	肌膚保養與脫毛	鈴木真理著	180 元
50.	10 天減肥 3 公斤	彤雲編輯組	180 元

51.	穿出自己的品味	西村玲子著	280 元
52.	小孩髮型設計	李芳黛譯	250 元

・青　春　天　地・大展編號 17

1.	A 血型與星座	柯素娥編譯	160 元
2.	B 血型與星座	柯素娥編譯	160 元
3.	O 血型與星座	柯素娥編譯	160 元
4.	AB 血型與星座	柯素娥編譯	120 元
5.	青春期性教室	呂貴嵐編譯	130 元
9.	小論文寫作秘訣	林顯茂編譯	120 元
11.	中學生野外遊戲	熊谷康編著	120 元
12.	恐怖極短篇	柯素娥編譯	130 元
13.	恐怖夜話	小毛驢編譯	130 元
14.	恐怖幽默短篇	小毛驢編譯	120 元
15.	黑色幽默短篇	小毛驢編譯	120 元
16.	靈異怪談	小毛驢編譯	130 元
17.	錯覺遊戲	小毛驢編著	130 元
18.	整人遊戲	小毛驢編著	150 元
19.	有趣的超常識	柯素娥編譯	130 元
20.	哦！原來如此	林慶旺編譯	130 元
21.	趣味競賽 100 種	劉名揚編譯	120 元
22.	數學謎題入門	宋釗宜編譯	150 元
23.	數學謎題解析	宋釗宜編譯	150 元
24.	透視男女心理	林慶旺編譯	120 元
25.	少女情懷的自白	李桂蘭編譯	120 元
26.	由兄弟姊妹看命運	李玉瓊編譯	130 元
27.	趣味的科學魔術	林慶旺編譯	150 元
28.	趣味的心理實驗室	李燕玲編譯	150 元
29.	愛與性心理測驗	小毛驢編譯	130 元
30.	刑案推理解謎	小毛驢編譯	180 元
31.	偵探常識推理	小毛驢編譯	180 元
32.	偵探常識解謎	小毛驢編譯	130 元
33.	偵探推理遊戲	小毛驢編譯	180 元
34.	趣味的超魔術	廖玉山編著	150 元
35.	趣味的珍奇發明	柯素娥編著	150 元
36.	登山用具與技巧	陳瑞菊編著	150 元
37.	性的漫談	蘇燕謀編著	180 元
38.	無的漫談	蘇燕謀編著	180 元
39.	黑色漫談	蘇燕謀編著	180 元
40.	白色漫談	蘇燕謀編著	180 元

・健　康　天　地・大展編號 18

1.	壓力的預防與治療	柯素娥編譯	130 元
2.	超科學氣的魔力	柯素娥編譯	130 元
3.	尿療法治病的神奇	中尾良一著	130 元
4.	鐵證如山的尿療法奇蹟	廖玉山譯	120 元
5.	一日斷食健康法	葉慈容編譯	150 元
6.	胃部強健法	陳炳崑譯	120 元
7.	癌症早期檢查法	廖松濤譯	160 元
8.	老人痴呆症防止法	柯素娥編譯	170 元
9.	松葉汁健康飲料	陳麗芬編譯	150 元
10.	揉肚臍健康法	永井秋夫著	150 元
11.	過勞死、猝死的預防	卓秀貞編譯	130 元
12.	高血壓治療與飲食	藤山順豐著	180 元
13.	老人看護指南	柯素娥編譯	150 元
14.	美容外科淺談	楊啟宏著	150 元
15.	美容外科新境界	楊啟宏著	150 元
16.	鹽是天然的醫生	西英司郎著	140 元
17.	年輕十歲不是夢	梁瑞麟譯	200 元
18.	茶料理治百病	桑野和民著	180 元
20.	杜仲茶養顏減肥法	西田博著	170 元
21.	蜂膠驚人療效	瀨長良三郎著	180 元
22.	蜂膠治百病	瀨長良三郎著	180 元
23.	醫藥與生活	鄭炳全著	180 元
24.	鈣長生寶典	落合敏著	180 元
25.	大蒜長生寶典	木下繁太郎著	160 元
26.	居家自我健康檢查	石川恭三著	160 元
27.	永恆的健康人生	李秀鈴譯	200 元
28.	大豆卵磷脂長生寶典	劉雪卿譯	150 元
29.	芳香療法	梁艾琳譯	160 元
30.	醋長生寶典	柯素娥譯	180 元
31.	從星座透視健康	席拉・吉蒂斯著	180 元
32.	愉悅自在保健學	野本二士夫著	160 元
33.	裸睡健康法	丸山淳士等著	160 元
35.	維他命長生寶典	菅原明子著	180 元
36.	維他命 C 新效果	鐘文訓編	150 元
37.	手、腳病理按摩	堤芳朗著	160 元
38.	AIDS 瞭解與預防	彼得塔歇爾著	180 元
39.	甲殼質殼聚糖健康法	沈永嘉譯	160 元
40.	神經痛預防與治療	木下真男著	160 元
41.	室內身體鍛鍊法	陳炳崑編著	160 元
42.	吃出健康藥膳	劉大器編著	180 元
43.	自我指壓術	蘇燕謀編著	160 元
44.	紅蘿蔔汁斷食療法	李玉瓊編著	150 元
45.	洗心術健康秘法	竺翠萍編譯	170 元
46.	枇杷葉健康療法	柯素娥編譯	180 元

47. 抗衰血癒	楊啟宏著	180 元
48. 與癌搏鬥記	逸見政孝著	180 元
49. 冬蟲夏草長生寶典	高橋義博著	170 元
50. 痔瘡・大腸疾病先端療法	宮島伸宜著	180 元
51. 膠布治癒頑固慢性病	加瀨建造著	180 元
52. 芝麻神奇健康法	小林貞作著	170 元
53. 香煙能防止癡呆？	高田明和著	180 元
54. 穀菜食治癌療法	佐藤成志著	180 元
55. 貼藥健康法	松原英多著	180 元
56. 克服癌症調和道呼吸法	帶津良一著	180 元
57. B 型肝炎預防與治療	野村喜重郎著	180 元
58. 青春永駐養生導引術	早島正雄著	180 元
59. 改變呼吸法創造健康	原久子著	180 元
60. 荷爾蒙平衡養生秘訣	出村博著	180 元
61. 水美肌健康法	井戶勝富著	170 元
62. 認識食物掌握健康	廖梅珠編著	170 元
63. 痛風劇痛消除法	鈴木吉彥著	180 元
64. 酸莖菌驚人療效	上田明彥著	180 元
65. 大豆卵磷脂治現代病	神津健一著	200 元
66. 時辰療法—危險時刻凌晨 4 時	呂建強等著	180 元
67. 自然治癒力提升法	帶津良一著	180 元
68. 巧妙的氣保健法	藤平墨子著	180 元
69. 治癒 C 型肝炎	熊田博光著	180 元
70. 肝臟病預防與治療	劉名揚編著	180 元
71. 腰痛平衡療法	荒井政信著	180 元
72. 根治多汗症、狐臭	稻葉益巳著	220 元
73. 40 歲以後的骨質疏鬆症	沈永嘉譯	180 元
74. 認識中藥	松下一成著	180 元
75. 認識氣的科學	佐佐木茂美著	180 元
76. 我戰勝了癌症	安田伸著	180 元
77. 斑點是身心的危險信號	中野進著	180 元
78. 艾波拉病毒大震撼	玉川重德著	180 元
79. 重新還我黑髮	桑名隆一郎著	180 元
80. 身體節律與健康	林博史著	180 元
81. 生薑治萬病	石原結實著	180 元
83. 木炭驚人的威力	大槻彰著	200 元
84. 認識活性氧	井土貴司著	180 元
85. 深海鮫治百病	廖玉山編著	180 元
86. 神奇的蜂王乳	井上丹治著	180 元
87. 卡拉 OK 健腦法	東潔著	180 元
88. 卡拉 OK 健康法	福田伴男著	180 元
89. 醫藥與生活	鄭炳全著	200 元
90. 洋蔥治百病	宮尾興平著	180 元
91. 年輕 10 歲快步健康法	石塚忠雄著	180 元

國家圖書館出版品預行編目資料

兩性幽默 / 幽默選集編輯組 編著.
－初版－臺北市，大展，民 87
面 ； 21 公分 －（休閒娛樂；50）
ISBN 957-557-871-6 （平裝）

856.8　　87012196

兩性幽默

ISBN 957-557-871-6

編 著 者 / 幽默選集編輯組
發 行 人 / 蔡　森　明
出 版 者 / 大展出版社有限公司
社　　址 / 台北市北投區（石牌）致遠一路 2 段 12 巷 1 號
電　　話 / （02）28236031・28236033・28233123
傳　　真 / （02）28272069
郵政劃撥 / 01669551
網　　址 / www.dah-jaan.com.tw
E - mail / dah_jaan@pchome.com.tw
登 記 證 / 局版臺業字第 2171 號
承 印 者 / 國順文具印刷行
裝　　訂 / 協億印製廠股份有限公司
排 版 者 / 千兵企業有限公司
初版 1 刷 / 1991 年（民 80 年） 3 月
2 版 1 刷 / 1998 年（民 87 年）12 月
2 版 2 刷 / 1999 年（民 88 年） 6 月
2 版 3 刷 / 2004 年（民 93 年） 2 月

定價 / 180 元

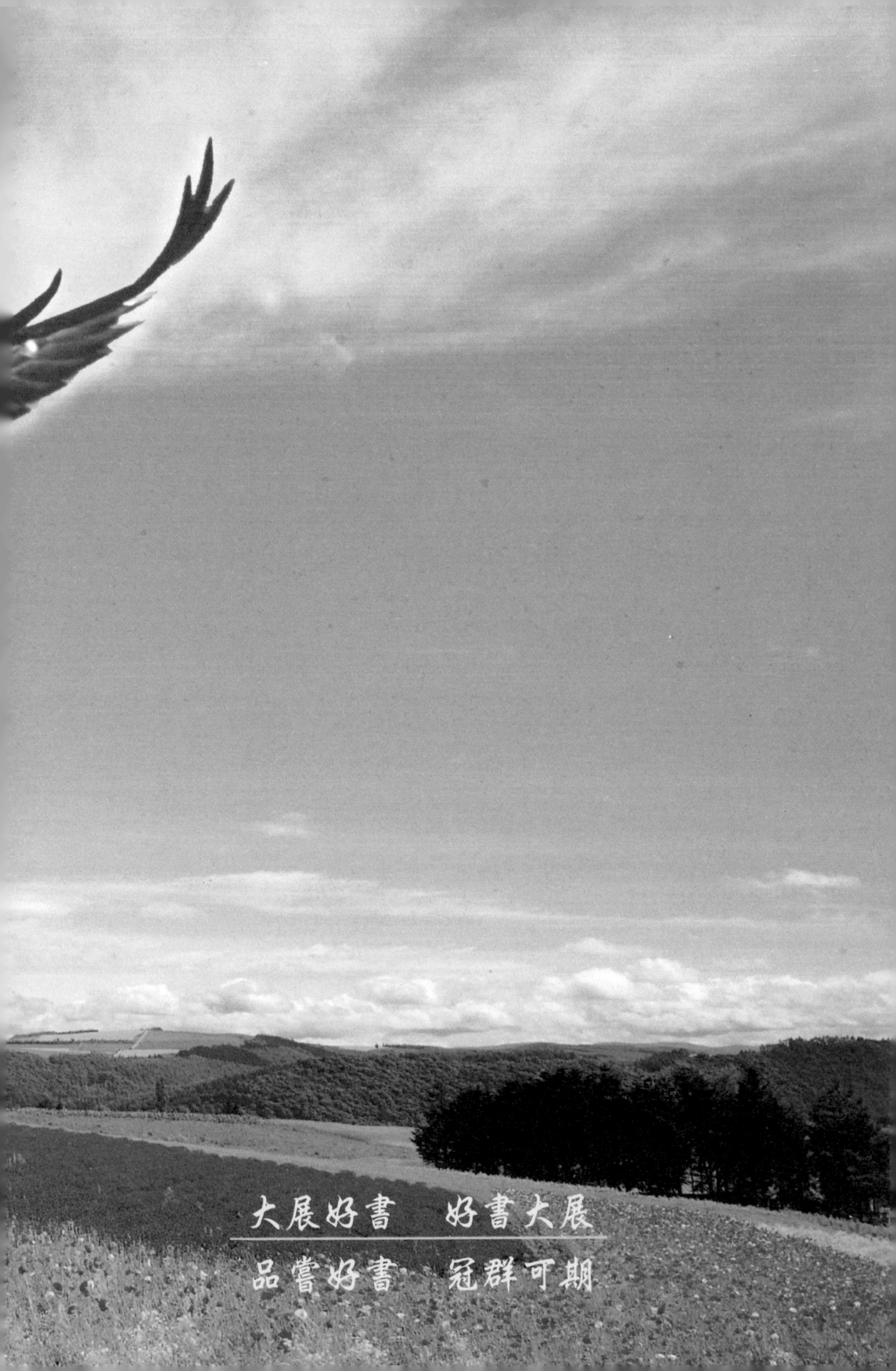
大展好書　好書大展
品嘗好書　冠群可期

大展好書　好書大展
品嘗好書　冠群可期